# 미성숙 일지

4년차 초등교사 성장기

# 미성숙 일지

돌멩이 지음

harmonybook

# 프롤로그

누가 이 책을 집어 들진 모르겠지만, 혹시라도 우연히 〈미성숙 일지〉를 집고 프롤로그를 펼쳐든 당신께 어색하고 수줍은 인사를 드린다. 서당개 3년이면 풍월을 읊는다던데, 이 책은 겨우겨우 4년을 향해 가고 있지만 풍월은 커녕 단어도 겨우 읽는 초등교사의 그 동안의 기록이다. 아직까지 급식을 먹고 있어서 미성숙한건지, 아직까지 미성숙해서 졸업 못 하고 급식을 먹고 있는 건지 궁금해서 쓴 문장들이 좋은 기회로 세상에 책이라는 형태로 태어나게 되었다. 지금 기분은 마치… 첫 제자를 졸업시키는 첫 6학년 담임의 마음이다. 저희 애가 많이 모자랍니다. 모자라긴 한데 나쁜 애는 아니거든요…! 모쪼록 미숙한 부분이 있더라도 이해해 주시면 감사하겠습니다. 라고 인사를 드리며, 짧게나마 스쳐 지나간 당신의 하루가 평안하기를 바란다.

# 1. 돌멩이, 존재하다

# 2. 돌멩이, 구르다

# 3. 돌멩이와 날씨

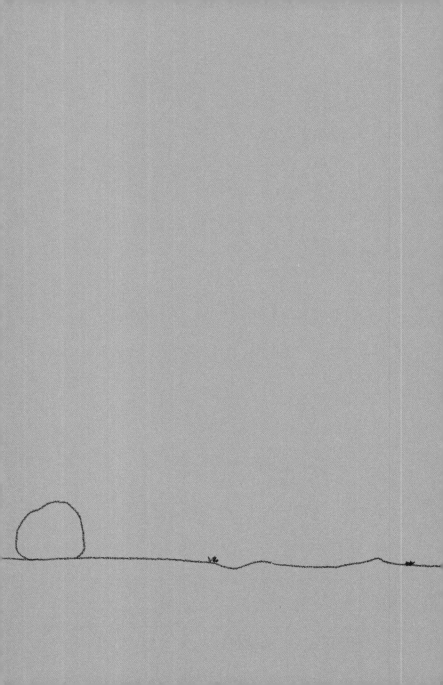

# 1. 돌멩이, 존재하다

# 나로 말할 것 같으면

　학창 시절의 나를 생각하면 그다지 성실한 학생은 아니었지만 어른들을 애먹이는 학생도 절대 아니었다. 일이 귀찮게 되는 것을 싫어해서 하지 말라는 일은 하지 않았다. 예를 들어 교실 창문에 올라가면 불쑥 나온 검정 형태에 눈길을 끌테고, 그 모습을 본 선생님이 교실로 들어와 혼낼텐데, 왜 올라가는거지? 라는 형식의 사고방식이었다. 그러니까 조용히 불성실해서 눈에 잘 띄지 않는, 매일 지나다니는 거리에 널린 돌멩이 같은 학생이었다. 지금 와서 생각해보면 이 때의 나는 하지 말란 짓을 하는 친구들에게 일종의 얄량한 우월감이 있었던 것 같다. 왜 하지 말란 짓을 하는 거야? 생각이 부족한가? 하고. 사춘기를 맞은 학생에게 우월감은 세상에 대한 냉소로 이어져서, 모든 것에 대한 의욕이 없게 되었다. 공부도, 학교생활도. 그냥 물 흐르듯이 보냈다.

　고등학교 2학년까지는 이렇게 살아도 큰 무리가 없었는데, 3학년이 되자 친구들이 모두 공부에 집중하기 시작했다. 왠지 모를 압박감에 얼렁뚱땅 따라가기는 시작했고, 원하는 대학에 가기 위해 공부를 했다. 나름대로 열심히 했다고 생각했는데, 야속하게도 막판 수능 점수가 따라주지 않았다. 차라리 모의고사를 망했더라면! 후회했으나 엎어진 물. 결국 19년차 인생에서 제일 큰 시련을

맛봤다.

"…교대…?"

그 전까지는 교대라는 단어를 들어본 적도 없었다. 그리고 교사라는 직업은 내가 세운 인생 계획에 절대 없는 직업이었다. 학교를 다닐 때 단골수업 주제는 글쓰기든, 그림 그리기든, 진로체험이든 커서 무엇이 될 것인가? 였는데, 그럴 때마다 난 속으로 생각했다.

'뭐가 될진 모르지만, 선생은 절대 아니야.'

내가 그렇게 생각한 것은 고양이 발톱만한 우월감을 가진 학생의 나름대로 합리적인 추론에 의해서였다. 첫 번째로, 평균 28명을 한 번에 상대하는 것이 버거워보였다. 조용하고 모범적인 학생, 시끄러운 학생, 수업 시간 몰래 장난 치는 학생, 친구를 괴롭히는 학생, 수업엔 관심 없고 꾸벅꾸벅 조는 학생. 내가 다수의 입장이 되어 선생님을 바라봤을 때 이렇게 다양한 군상을 관리하는 것은 절대적으로 힘든 일이었다. 두 번째로, 선생님의 뒤에서 학생들이 내뱉는 말이 무서웠다. 매년마다 입이 걸은 친구는 하나 혹은 그 이상이었고, 그들의 입에서 나오는 것은 기분 좋을 때 '담탱이', 기분이 나쁠 때는 된소리의 향연이었다. 친구가 세상의 전부인 어린 나이였는데도 듣기 싫었다.

　그런데 그런 내가 교대라니. 중요한 것을 잃은 그 배우와 같은 표정으로 절규했다. 어찌저찌 찾아간 대학은 대학이라기 보다는 피난민의 임시 생활 같았다. 이 책은 그 이후로 불시착한 곳에서 고군분투한 나의 일기다. 교대에 입학할 때까지만 하더라도, 내가 이 상황을 종이에 글로 남길 줄은 몰랐는데. 어쨌든 한 번 시작해 보려고 한다.

# 교대생이 학교생활 v-log를 한다면

자신이 컨텐츠가 되는 시기. 유튜브에 들어가면 다양한 사람들의 일상 v-log를 쉽게 접할 수 있다. 남녀노소 구분 없이 각자의 학교 일상, 직장, 요리, 작업 등을 영상으로 기록하여 올린다. 인기 크리에이터는 어마어마한 수입을 얻기에, 직장인들은 습관처럼 '아 나도 유튜브 한다'라고 말하곤 한다. 그렇다면 내가 교육대학교에 입학했을 때로 돌아가, v-log를 시작한다면 어마어마한 수입을 얻을 수 있을까? 한 번 생각해보았다. 사람들은 영상을 키고 딱 3초 안에 시청할지 말지를 결정한다는데, 그만큼 컨텐츠가 사람들의 흥미를 돋구어야 할 것이다. 그렇다면… 교육대학교 학생의 v-log의 3초는 어때야 할까?

우선 교대생의 일과를 돌이켜보자. 교육대학교를 부르는 또다른 말은 4년제 고등학교다. 같은 과 동기들과 4년을 함께하기 때문이다. 수업, 실습, 졸업요건 충족을 위한 활동…. 몇 개의 선택 수업이 있으나 그것을 제외하고는 온종일 얼굴 마주하고 지내는 일상이다. 초등학교는 담임교사가 전담 과목을 제외한 모든 과목을 가르치기 때문에, 교육대학교에서도 전 과목을 배운다. 이론적 내용의 교육학, 교육심리학 등에서부터 실천적 내용의 음악 수업, 미술 수업, 체육 수업까지 스펙트럼이 다양하다. 난 참고로 그 전까지 한 번도 해

보지 않은 탈춤, 창작무용, 골프, 볼링 등을 대학교 수업에서 배웠다. (그렇다고 잘하는 건 아니다. 그냥 배웠다는 이야기다.) 오케이! 일반대학교에서 배우지 않는 특이한 수업 소개로 콘텐츠 1개.

수업에 참여하면서 조별 과제가 필수이다. 친구 중 하나는 자신이 성악설을 믿게 된 계기가 대학교 조별과제를 통해서였댔으니, 어디서든지 사람이 모이면 속 끓이는 일이 생기는 것은 당연한가 보다. 수업이 많으니 다양한 동기들 조합으로 조별 과제를 하게 되고, 재밌게 하기도 하고 손발이 안 맞아 삐걱거리다 싸우고 풀기도 하고. 이런 이야기로 콘텐츠 1개. 뭐, 〈조별과제 트롤된 이야기〉, 〈조별과제 빌런이랑 싸운 이야기〉 등 몇 가지는 나올 수 있겠으나 매번 컨텐츠를 위해 동기들과 싸울 순 없지 않겠는가.

그리고 실습. 교육대학교 학생들은 교육 실습이라는 것을 한다. 내가 나온 학교의 경우에는 1학년은 이론 수업, 2학년은 수업은 안 하는 참관 실습, 3학년은 2주 수업 실습, 4학년은 4주 수업 실습으로 이루어졌다. 실습 가고 싶은 학교를 직접 신청하는 시스템이고, 집을 직접 구해야 하는 번거로움이 있긴 하지만 학교가 있는 지역 외에 실습 지정 지역으로도 갈 수 있었다. 물론 신청한다고 다 되는 것은 아니고 무작위로 되기도 했다.

학교마다 분위기가 달라 자신이 원하는 조건과 맞는 학교를 선택

하곤 했는데, 대체적으로 부설초등학교의 인기가 낮았다. 부설초등학교는 교육대학교와 연계하여 혁신적 교육과정 재구성을 통한 프로젝트 수업이 많았는데, 아무래도 실습생들 역시 부담이 좀 더 커졌기 때문이다. (나만 그랬던 걸수도…) 실습을 나가면 한 반에 3~4명 정도의 교대생들이 배당되는데, 이들을 실습 동기라 한다. 퇴근하고 동아리실에 가보면 부설초의 실습 동기들은 누가 봐도 넋 나간 눈초리로 우드락을 쫙쫙 잘라 수업 교구를 만들고 있었다.

나 역시 부설초등학교로 실습을 가긴 했는데, 참관 실습인 2학년 때 가서 3, 4학년 때 가는 것보다는 상대적으로 부담이 적었다. 내가 제일 재밌었던 실습은 3학년 수업 실습이었다. 사실 교대 4년에서 제일 즐거운 기억이다. 당시 친한 동기들과 모두 같은 학교에 배정되었고, 학교가 상권가에 있어 퇴근하고 맛있는 저녁을 먹을 수 있었다. 긴장의 연속이었던 하루를 버티게 해준 낙이 바로 모여 먹는 저녁이었다. 노란 전등 아래에서 처음 아이들 앞에서 수업하는 거라 당연히 망할 수 밖에 없던 수업을 나누고, 위로 받던 따뜻한 저녁들. 자, 여기까지 콘텐츠 1개 추가.

이 글을 쓰면서 진지하게 생각해봤는데, 정말 놀랍게도 이렇게 콘텐츠가 3개밖에 안 나온다. 난 정말 유튜버 체질은 아닌가 보다.

# 운빨 임용고시 1부 - 광기의 쭈꾸미

진인사 대천명. 바라는 건 사람이, 이루는 건 하늘이라는 말을 제일 절실히 느낀 게 교대 4학년 때였다. 교대는 졸업과 동시에 초등학생을 가르칠 수 있는 교사 자격을 받게 되지만, 임용고시를 통과해야 국가공무원이 될 수 있다. 교육대학교 4학년의 생활은 쉽게 말해 수능 수험생의 생활이라고 생각하면 된다. 대학 수업을 듣고, 수업이 없는 때에는 임용고시 공부를 하고. 이 때 수업이 끝나자마자 집으로 달려가던 나도 처음으로 주말을 기숙사에서 보내게 되었다.

임용고시는 1차와 2차로 구성되어 있는데 교육과정과 논술을 합한 1차에서 1.5배수를 뽑고, 이후 면접으로 2차를 진행한다. 현재 강원도교육청의 경우 줄어드는 지원자에 대한 자구책으로 면접만으로 임용을 실시하고 있는 것으로 알고 있다.

1차에서 보는 교육과정은 총론과 각론으로 이뤄져 있다.( 용어가 생소하겠지만 이 부분만 참아주시라.) 총론은 과목의 실효성과 전체적인 교육방향, 지도방법, 수업모델 등을 보는 것이고 각론은 과목에 대한 세부적인 내용을 말한다. 초등은 모든 과목을 다 가르치기 때문에 전 과목에 대한 각론을 공부해야 하는데 그 양이 어마어마하다. 보통 임용고시 준비 기간을 1년으로 잡는다고 치면 3개월 정도는 총론을 암기하고, 1차 시험이 있는 11월 시험 당일까지 끝나지 않는 것이 각론 공부다. 그 양이 너무나 넓고 방대하여 솔직히 다 외우기는 무리다. 임용고시생 시절 시험 종 치기 5분 전에 문제가 출제된 페이지를 본 사람이 승리자라는 우스갯소리도 있었다. 논술의 경우는 채점에서 출제자의 주관성이 들어갈 수밖에 없고, 내가 시험보기 몇 해 전 임용고시에서 논술 과락으로 대거 떨어트린 심각한 일이 있었기에 – 고소한다는 이야기까지 나왔던 것으로 기억난다 – 아무래도 교육과정보다는 덜 비중을 두고 공부했다. 게다가 난 수시 6논술 광탈이라는 화려한 타이틀을 갖고 있었기 때문에 논술보다는 교육과정을 대비해야 했다. 어쨌든 1년의 대부분을 암기에 쓰게 되는 것이다.

이러한 1차 공부는 혼자 하면 의지가 약해져 스터디원을 구하는 게 일반적이었는데, 나 역시 나와 제일 친한 친구와 1차 스터디를 했다. 각자 공부를 하다가 스터디 날이 되면 카페에 가 외운 내용을 확인해주고, 예상 질문 등을 묻고.

딱 놀러가기 좋은 온도의 햇볕이 내리쬐는 스터디 날, 기숙사 입구에서 친구를 만나 늘 가는 카페까지 걸어갔다. 여담인데, 난 항상 이 카페에 가서 쿠키와 스팀 우유를 시켜 먹었더니 내가 들어오면 사장님이 먼저 선반에서 쿠키를 꺼내 오븐에 넣으시곤 했다. 하여튼 그 날도 창가 자리에 앉아 가방을 놓고 음료를 주문하고 공부를 할 준비를 했다. 자기 전에 본 네이버 기사에서 〈마녀〉라는 영화가 흥행하고 있다는 기사가 아른거렸다.

"음료 나왔습니다-."

사장님이 놓고 간 음료를 딱 한 모금 마시고 창 밖을 내다봤다. 아, 그런데 그 햇빛이 문제였나.

"야."

친구가 고개를 들었다. 4년 동안 쌓인 경험으로 서로 짜릿한 눈빛이 오갔다.

"흐흐… 왜?"
"영화 보러갈래?"
"가자."

역시, 친구는 괜히 친구가 아니다. 무슨 영화인지도 묻지도 않고 망설임 없이 자신의 가방에 두꺼운 교육학 책을 쑤셔넣는 친구를 보며 나는 음료 두 잔을 카운터에 들고 갔다.

"사장님 죄송한데 혹시 이거 테이크아웃 돼요?"

"아 네! 가시게요?"

단골카페의 사장님은 항상 친절하셨는데, 그 날도 오자마자 5분 만에 포장해달라고 하는 진상 손님을 싫은 티 없이 웃으며 컵에 옮겨담아 보내주셨다. 결국 우리는 두꺼운 가방을 메고, 한 손에는 과잠을, 다른 한 손에는 커피를 들고 영화관으로 향했다.

더운 바깥과 상반되게 시원하고 어두운 실내, 달짝지근한 팝콘 냄새, 안락한 붉은색 의자. 김다미와 최우식이 나오는 액션 빵빵한 영화. 두시간 반의 달콤한 일탈을 즐기고 나오니 바깥은 초여름 노을이 뉘엿뉘엿 져서 죠스바 색으로 하늘을 물들이고 있었다. 그리고 우리는 동시에 말했다.

"배고파."

오늘은 그냥 놀자. 뭐 먹을래? 친구가 눈을 반짝이며 핸드폰을 켰다.

"나 저번에 산책하고 오다 봤는데 쭈꾸미 집 생겼더라고. 근데 거기 쭈꾸미 시키면 고르곤졸라 피자도 같이 준대."
"미쳤다. 오늘은 쭈꾸미다."

횡단보도를 기다리다 문득 도서관에서 열심히 공부하고 있을 또 다른 친구 삐약이가 떠올랐다.

"삐약이도 부르는 거 어때."

친구가 인상을 찌푸리며 나를 바라봤다. 좀 아닌가?

"당장 와야지. 삐약이 안 오면 배신이야."

그렇게 그 날 팬시리 공부 잘하고 있던 삐약이까지 꼬여내 쭈꾸미에 고르곤졸라까지 배부르게 먹은 우리는 어두워진 골목에서 달리기 시합을 했다. 달리다 보니 웃음이 나와서 한참 허리를 접고 웃었다. (쓰다보니 정말 좀 미친 애들처럼 보였을 것 같네…) 웃어 제끼니 기분이 좋아져 흥얼거리며 기숙사로 돌아왔다. 단군왕검 신화에서 호랑이가 쑥과 마늘을 참지 못하고 뛰쳐 나간 것처럼, 카페를 뛰쳐나가 재밌게 보낸 날이었다. 물론 다음날 머리를 부여잡고 후회했다. 아! 외울 게 더 늘어났네! 미루지 말걸!! 또, 삐약이는 우리의 영업에 못 이겨 자기 혼자 마녀를 보고 왔다.

# 운빨 임용고시 2부 - 눈물 젖은 코다리

어느새 시간이 지나 원서를 쓸 때가 다가왔다. 지역을 골라야 했는데, 각 지역마다 1차는 동일하게 보지만 2차 시험의 구성이 다르고, 커트라인도 다르다. 그런데 여기서 경기도는 또 세분화된다. 연천, 가평, 포천을 연가포라고 줄여 부르는데, 이 곳은 경기일반과 구분되어 뽑는 지역이었다. 상대적으로 다른 경기 지역보다 인프라가 없는 지역이라 지원하는 교사가 없어 커트라인이 낮고, 10년 동안 근무하면 경기일반 지역으로 옮길 수 있다는 메리트가 있었다. 어쨌든 이러한 지역 고민들로 수험생들끼리 속 시끄러운 날이었다.

원서에 넣을 사진을 찍기 위해 스튜디오에서 경직된 미소를 짓고, 식당에 모여 친구들끼리 학식을 먹었다.

"진짜 실감 난다."
"아 안 돼 나 아직 반도 못 외웠는데."

마음이 안 잡힌다는 핑계로 한참 동안 떠들고 올라왔다. 그 뒤로 시간은 누가 빨리감기를 한 것 마냥 흘러흘러 1차 시험 전날이 되었다. 1년 동안 공부하면서 느낀 것은 딱 하나였다. '와… 이 짓 다시는 못하겠다.' 차라리 수능을 보면 봤지, 서논술형으로 답하는 시험, 그것도 양이 너무 많아 전 범위를 보지 못하고 들어가는 임용고시는 나에게 최악이었다. 결국 12시쯤 자리에 누웠는데 잠이 오지 않았다. 한숨도 자지 못한 때는 이 때가 처음이었다. 건너방에서 엄마가 소곤소곤 통화하는 소리에 짜증 내고 다시 눕고, 정말 잠이 한순간도 오지 않아 몇 분 간격으로 몸을 뒤척였다. 아침이 밝자 자기 성질에 못 이겨 씩씩거리는 딸을 부모님은 차에 넣어 시험장까지 데려가주셨다.

수험번호가 적힌 종이와 신분증을 구겨 쥐고, 수험장으로 들어갔더니 아는 얼굴이 몇몇 보였다. 눈으로 대충 인사하고 요약본을 펼쳤다. (물론 아무 의미 없다. 뭐라도 해야될 것 같아 하는 행동이다.) 1차 시험은 1교시는 논술, 2교시는 교육과정 A, 3교시는 교육과정 B로 진행되는데 A,B를 나누는 이유는 각론의 과목이 너무 많은 탓이다.

1교시 논술 시험 시작. 뭐라는 거야…. 속으로 울면서 교육학 지식 중 아는 것은 죄다 짜내어 엮었다. 어떤 것이라도 얻어 걸리길 빌며….

다음 2교시 교육과정 A. 난 분명 실과랑 도덕을 공부했었고, 시험지에도 실과랑 도덕이라고 써있는데 도대체 이렇게 초면인 문제가 나올 수 있는건가? 망했다는 예감이 슬슬 고개를 들기 시작했다.

마지막 교시. 수학이 들어있었다. 사실 난 수학 트라우마가 있었는데, 하필이면 모의고사도 아니고 수능 때 수학을 대차게 말아먹었기 때문이다. 짧디 짧은 내 인생에서 제일 큰 실패를 준 녀석을 4년이라는 시간이 흐른 뒤 임용고시에서 다시 마주하려니 속이 좋지 않았다. 다른 문제는 무난하게 풀었는데, 문제 풀이에서 한 문제가 계속 헷갈렸다. 이거 아니면 저거인데…. 이제 망했다는 예감은 내 옆에 앉아 다정하게 어깨에 손을 두르고 있었다. 결국 종이 치기 직전, 볼펜으로 원래 썼던 답에 두 줄을 긋고 새로운 답을 적어냈다. 숫자를 완성 시키는 순간 종이 울렸다. 손도 벌벌 떨렸다.

"수고하셨습니다. 나가셔도 됩니다."

감독관의 그 말과 함께 힘없이 일어섰다. 망했다…. 그냥 수능 다시 볼까…. 터덜터덜 계단을 내려가니 수험생을 기다리는 가족들로 1층이 꽉 차있었다. 날 발견한 아빠가 내 표정을 보더니 말없이 어깨를 두드려주었다.

"고생했어."

차가 주차된 운동장까지 가는 그 몇십 미터가 어찌나 길던지. 손만 대도 바스러지는 갈색 낙엽 마냥 파들거리며 차에 올라탔다. 그 순간 친한 동기 언니의 혼 빠진 얼굴이 보였다.

"언니!"

차창을 내리고 불렀다. 부름에 고개를 돌린 언니가 으에- 소리를 냈다. 눈이 마주친 우리는 단번에 알 수 있었다.

"야 너도?"
"언니도? 나 개망했어."

학교에서 보자. 그 때까지 내가 살아있다면… 이라고 무서운 말을 남긴 언니가 꾸벅 인사를 하곤 멀어졌다. 차 뒷자석에 거의 누운 채로 앉아 하늘을 보니, 11월의 하늘답게 청명하고 맑았다. 내 속이랑 다르게.

"뭐 먹을래, 배고프지? 먹고 싶은 거 사줄게."
"배 안 고파…."

중얼거리는 대답에 엄마와 아빠가 눈빛을 교환했다. 저거저거, 아침부터 난리더니 앞으로 어쩔려구… 저 화상…. 한국인은 밥심이라는 아주 당연한 진리에 따라 결국 나는 자주 가던 코다리 집으로 끌려 갔다.

"맛있지."
"…응."

입맛이라곤 하나도 없었는데 음식점에 앉혀놓으니 또 들어간다.
그런데 분명 내가 좋아하는 빨간 색인데, 짠 맛이 났다.

"나 재수할 것 같아."
"하면 되지."
"하기 싫은데…."

캥거루족을 책임지는 멋진 어른 캥거루답게, 우리 부모님은 20대
중반에 시험 못 봤다고 찔찔 우는 딸에게 아무 말 않고 따뜻한 스
타벅스 커피까지 쥐어주셨다.

-

그렇게 시험이 끝나고 며칠 뒤, 학교로 돌아갔다. 비척비척 오는
동기들의 얼굴이 모두 좋지 않았다. (다행히 동기 언니도 살아 있었
다.) 임용고시가 사람 피를 말리는 점은 서논술형이라 정확한 점수
계산이 힘들다는 점인데, 1차에서 뽑는 1.5배수에 내가 대략 몇 배

수가 될지 알 수가 없었다. 그래서 1차가 끝났다고 마냥 놀 수도 없다. 붙었다면 2차를 준비해야 하기 때문이다. 수능에서 예체능 친구들이 이런 마음이었겠구나… 울며 겨자먹기로 같은 지역을 보는 친구들끼리 스터디를 결성했다. 물론 결성만 하고, 스터디는 준비 안 했다.

1차 발표가 나기 전날, 친구와 심야 영화를 보고 학교까지 걸어왔다. 발표날 일찍 일어나 안절부절 못하며 기다릴 바에는 아예 몸을 피곤하게 만든 뒤 늦잠을 자고 결과를 마주하겠다는 몸부림이었다. 초겨울답게 날은 쌀쌀했고, 별인 척 하는 인공위성 몇 개가 총총히 빛나고 있었다.

"하…. 내일 보자."
"잠깐만. 연락 없어야 떨어진 걸로 할래 연락해야 떨어진 걸로 할래."
"연락 없는 걸로 하자. 떨어졌는데 연락까지 하면 너무 슬프잖아."
"…오케이."

나는 시험을 보고 채점을 하지 않았다. 객관식이 아니라 정확하지도 않을테고, 내가 나서서 시험지에 비를 내리게 하면 정말 떨어질 것 같았기 때문이다. 기숙사에 들어오니 룸메가 아는 척을 했다.

"내일 10시."

"응. 나 못 일어나면 깨워줘…."

"그래. 얼른 자."


그리고 정확히 9시 30분에 눈을 떴다. 30분 동안 이불에서 밍기적거리며 눈만 끔벅였다. 아… 재수 확정을 내 눈으로 보는 건가…. 9시 55분. 수험번호와 주민등록번호를 입력해놓고 초조하게 기다렸다. 10시. 딸깍.


"……."

"……."


옆 침대에 누워있는 룸메이트를 곁눈질했다. 나 붙었어.


"…나도."


얼빠진 얼굴로 잠시 마주보다 소리를 질렀다. 으아아악!


축하합니다. 경기도 임용1차에 합격하셨습니다! 화면에 띄워진 파란색 문장이 반짝거렸다.

# 운빨 임용고시 3부 – 얼떨떨한 간장게장

좋은 것도 잠시, 새로운 모양의 고난이 시작됐다. 1차의 무시무시한 암기량에 압도되어 2차는 생각지도 않았는데 원래 생각지 못한 녀석이 강적인 법이다. 면접 연습은 계속 말하고 피드백을 하는 형태로 연습을 해야 하는데, 이는 무한도전 〈명수는 12살〉 편에서 박명수 아저씨가 읊조린 '말을 왜 하고 싶어…?' 에 전적으로 동감한 나에게 생전 겪어본 적 없는 어려움이었다.

다행히 미리 결성해놨던 스터디원 모두 합격해서(1차 시험날의 야너두 언니와 심야영화의 그 친구다.) 얼렁뚱땅 시작했다. 내가 응시한 교육청의 2차 임용고시는 영어 면접, 집단 토의와 개별면접, 수업실연으로 3일 동안 진행되었다.

영어야 기본적인 답변 능력 정도만 할 줄 알면 되고, 집단 토의. 여기서 방점은 토의다. 토론이 아니다. '내 말만 맞고 모두 틀렸다'의 태도가 아닌, '내 말도 맞고 네 말도 맞아요. 우리 합쳐볼까?'의 태도가 중요하다. 여러 명이 한꺼번에 보는 시험인 만큼 내가 예상하지 못한 변수가 크게 작용할 때가 있는 것이 스트레스였다. 개별면접은 여느 기업과 같이 인적성을 보여주는 과정으로 동료들과 협력할 수 있는 교사상인가, 교사로 뽑아도 될 만한 사람인가를 교육관을 녹여 이야기하는 것이었다. 마지막으로 수업 실연은 시험이 시작되면 수업 주제를 준다. 수업 주제를 주고, 얼마 간의 준비 시간 후 10분 정도 수업 실연을 하는 것이다. (오래된 기억이라 정확하지 않을 수 있다.)

그런데 이 수업 실연이라는 게 현타로 가는 지름길이다. 아이를 한 번이라도 본 사람은 알겠지만 아이들은 인형이 아니다. 예상치 못한 대답을 하고, 어디로 튈지 모르는 게 아이인데 수업 실연에 앉아있(다고 가정하)는 아이는 그림같다. '네~ 맞죠, 그렇게 생각하죠'라고 웃으며 말하는데 입꼬리에 경련이 올 지경이었다. 수업 실연이 끝난 뒤에는 수업 나눔이라고 방금 자신이 한 수업에 대해 면접관 앞에서 자평을 하는데, 사실 아직 교사도 아닌 졸업생이 잘한 점을 말하기엔 무리가 있지 않은가. 부족한 점을 낱낱이 고해 바치는 시간이었다.

어쨌든 학교의 스터디룸과 강남의 스터디카페를 전전하면서 그해의 겨울을 지냈다. 내가 정확해 몇 배수인지 알 수 없는 불안함, 하루 종일 말을 해야 하는 피곤함 등으로 차곡차곡 시간은 착실하게 쌓였다. 분명 날씨가 좋은 날도 있었을텐데, 지금 내 기억 속 그 시간은 온통 회색뿐이다.

2차 임용고시 장소가 발표되고. 수험 지역과 집이 먼 동기들은 근처 호텔에 3일을 묵었고, 나는 아빠찬스와 택시찬스를 이용하기로 했다. 2차 면접에 관해 임고생끼리 설왕설래하는 몇 가지 이슈가 있었는데, 1. 면접 순서는 어떤 게 좋은가 2. 면접관의 컨셉은 모두 같나 3. 면접장 운이 좋아야 한다 였다. 우선 면접 순서는 수험장에 들어가면 번호를 뽑아 결정하는데, 처음 들어가면 면접관들의 기대에 미치지 못하기 때문에 점수를 짜게 준다. 후에 들어가면 이미 많은 수험생들을 보느라 면접관들이 지치기 때문에 유리하다. 그런데 뒷번호를 뽑으면 자신도 그만큼 기다려야 하기 때문에 최상의 컨디션이 아닐 것이다. 등등의 이야기가 있었다. 두 번째로 면접관의 컨셉이란… 웃는 분, 정색하는 분, 관심 없는 분 세 컨셉을 말한다. 보통 교장 3선생님들과 장학사가 차출되어 오시는데, 수험생의 멘탈을 흔들기 위해 한 분은 근엄한 역할을 맡고, 다른 분은 흔들린 멘탈을 잡아주기 위해 인자한 역할. 그리고 마지막 한 분은 심사표를 보며 건성건성 듣는 역할을 한다는 거다. 세 번째는 말이 많고 예민한 영역이었는데, 사람이 채점하다 보니 면접 고사장에 따라 대체적으로 후한 점수를 주는 고사장이 있고, 박한 점수를 주는 고사장이 있다는 것이다. 이 때문에 점수 발표 후 사람들끼리 고사장 점수 평균을 내기도 하였다. 나는 면접 순서는 내가 바꿀 수 있는 것이 아니기 때문에 관심이 없었고, 면접관 역할론도 시력이 좋지 않아 그 사람이 어떤 표정을 짓고 있는지까지 볼 수가 없었다. 면접 고사장도 하늘에 맡겼다. 사실 떨어질 것 같다는 초조함이 이 이슈들을 모두 뒤덮어 버렸다.

임용고시 날이 되었고, 정장을 빼입고 갔더니 추운 날씨에 몸이 떨렸다.

"전자기기 앞으로 제출해주시고요, 번호 뽑겠습니다."

첫째 날은 영어 면접 날이었다. 앞 번호를 뽑아 시험이 시작된지 1시간 만에 고사장 밖으로 나올 수 있었다. 내용도 기억이 안 나는 걸 보니 영어 문장을 말할 수 있으면 평이하게 볼 수 있는 시험이 었던 것 같다. 돌아오자마자 거실에 대자로 드러누워 낮잠을 잤다. 긴장과 피곤이 섞인 잠이었다. 오후 늦게 느지막이 일어나 그 동안 연습한 교사관을 다시 한 번 점검했다. 이틀 남았다. 빨리 끝났으면 좋겠다.

둘째 날 집단토의와 개별면접. 사실 내가 걱정한 것은 집단토의 였다. 나만 잘한다고 될 수 있는 게 아니라 면접관 운, 수험생 운, 토의 주제 운 등이 모두 잘 따라줘야 좋은 점수를 얻을 수 있었기 때문이다. 처음 들어가서는 책상 배치에 당황했다. 나는 3:3 배치로만 연습을 했었는데, 둥근 반원 모양으로 되어 있는 것 아닌가. 하지만 토의원들이 모두 좋은 사람들이었고, 내 0.3 시력으로 훔쳐본 면접관들은 모두 인자하게 우리를 바라보고 있어 훈훈한 분위기에서 끝낼 수 있었다. 개별면접을 볼 때에도 앞 번호를 뽑아 그동안 말한 것을 기계적으로 줄줄 답하고 집에 왔다. 사실 그 동안 입에 단내 나도록 면접 연습을 한 이유는, 면접에서 필수적으로 요구하는 것들 – 바람직한 교사관이나 협력적 문제 해결, 바른 인성 등 – 이 순간 당황하여 나오지 않는 상황을 방지하기 위해 외운 것이라 그 정도면 할 수 있는 최선을 다한 것이라고 생각한다. 끝나고 집에 오려고 택시를 타는데, 택시 기사 아저씨가 톨게이트를 지나 화장실을 갈 때 미터기를 키고 가는 것 아니신가. 따질려다가 힘없어 그냥 기다렸다 집에 실려왔다. 집에 도착하자마자 소파에 누워 기절하듯 잤다. 하루만 버티면 된다.

셋째 날 수업실연. 또 앞 번호를 뽑았던 것 같다. 추위와 긴장에 덜덜 떨며 기다리다 내 차례가 되어 수업 실연 주제가 적힌 종이를 읽었는데, 그 동안의 기출과는 다르게 꽤 독특했다. 국어, 수학 등 주지 교과가 아니라 생각지도 못한 과목이 나왔었다. 어쨌든 연습한 수업의 틀에 4학년 수업 실습한 기억을 되살려 누덕누덕 기운 수업을 하고 나왔다. 수업나눔을 할 때가 되자 입꼬리가 덜덜 떨렸는데, 조금 있으면 기한제 자유를 찾을 수 있어서인지, 당이 떨어져서인지는 모르겠다. 집에 도착하자마자, 이젠 예상하셨겠지만 거실에 드러누워 함께 1차 스터디를 같이 한 친구에게 전화를 걸었다. 1차 스터디를 한 친구는 다른 지역에 시험을 보았는데, 그 지역의 2차는 이틀로 진행되어 먼저 시험이 끝난 상태였다.

"끝났냐."

"어…. 수고했다."

"진짜… 이제 뭐하지."

"우선 자야지, 그 다음에는… 아, 떨어지면 어떡하지?"

"야 그런 말 하지마 진짜. 너무 끔찍해."

전화를 끊고 생각에 잠겼다. 진짜 뭐하지? 보통 재수는 3월에 시작하나? 고개를 옆으로 돌리니 겨울의 창백한 햇살이 베란다로 들어오고 있었다. 저 멀리 앙상한 나무들로 가득한 공원이 보이고, 내가 아무렇게나 벗어놓은 정장 자켓과 가방이 널부러져 있었다.

아, 일단 아무 생각 말자. 어떻게든 되겠지…! 내가 바꿀 수 있는 건 아무것도 없어!

라고 포장한 자포자기 마인드로 불안한 백수 생활을 시작했다.

2차 발표 전날, 심야영화의 그 친구를 만났다. 공교롭게도 그 주 주말에 생일이었던 친구는 발표날을 이렇게 잡은 교육청에 불만이 있다며 이를 부득부득 갈았다.

"하지만 붙여준다면?"

"아이고 우리 교육청님~ 역시 선견지명이십니다. 개처럼 일하겠습니다!"

"그럼 나는 소처럼 일해야지. 제발 붙여만 주세요, 교육청님!!"

내가 기도하듯 손을 모으자 친구도 덩달아 손을 모았다. 강남의 한 어두운 찻집에서 우리는 담요를 두르고 낄낄거렸다. 그 날은 헤어지기가 무서워 안 먹던 술도 한 잔 했다.

"이번에도 연락 없으면…? 오케이?"
"오케이. 만약에 너 연락했는데 나 답장 없으면… 그런 줄 알아."

그렇게 말줄임표가 대화의 절반이었던 만남을 마쳤다. 혼란스러운 마음으로 침대에 들어갔다. 어둠에 익숙해진 눈에 들어온 책상에 정리도 안 한 교육학 책과 아무렇게나 흩어놓은 각론 노트들이 있었다. 꿈뻑꿈뻑 바라보다 잠이 들었다.

발표 1분 전. 내 침대에서 수면잠옷을 입고 웅크려 초조하게 입술 껍질을 뜯었다. 노트북 시계가 59초가 되자 속으로 30을 센 뒤 조회 버튼을 눌렀다. 발을 헛디뎌 구멍에 빠질 뻔할 때처럼 심장이 달음박질쳤다. 잠시 로딩 중이라 하얗게 변한 화면이 변하고 문구를 띄웠다.

[축하합니다. 돌멩이 님은 경기도 초등임용고사 시험에 최종합격 하셨습니다]

와, 대박. 바로 벌벌 떨리는 손을 들어 아빠한테 전화를 걸었다.

아빠는 내 전화를 기다리고 있던 건지 3초도 안 되어 바로 받았다.

"아빠."

[응]

"나 최종발표 났는데…."

잠시 뜸을 들였다. 헤헤.

[응]

"합격했어!!!"

[…축하해. 똘램. 못 봤다더니]

누가 봐도 안도한 목소리로 아빠가 말했다. 뭐 먹고 싶어. 저녁에 사줄게.

"…나 간장게장!"

그 날 나랑 아빠는 무려 무한리필 간장게장 집에 갔다. 그 날의 간장게장은 아주 얼떨떨하고, 달고, 맛있었다.

# 한 발자국

 합격발표가 난 뒤에는 공무원 채용 건강검진을 하고, 대학을 졸업하고, 신규 교사 연수를 들었다. 신규 교사 연수까지 듣고 나니 정말 아무것도 할 게 없었다. 다른 친구들은 발령을 기다리며 기간제를 하던데, 난 어차피 쭉 일할 인생 내가 기한을 앞당기고 싶진 않았다.

 그럼 뭐하지? 대학 때 다녀온 유럽여행을, 날 좋은 봄에 다시 한 번 가야겠다. 돈이 없는데…. 그럼 돈을 많이 벌 수 있는 단기 알바를 해야겠다. 라는 사고를 따라가다 보니 나는 팝업스토어에서 일하게 되었다.

 짧은 시간 최대한 많은 사람이 경험하게 하는 것이 팝업스토어의 목적이기에 하루 종일 다른 사람들과 같이 일했다. 그러다보니 자연스레 사람들끼리 밥 먹고 어울릴 기회도 많았다. 아마 기간제를 했으면 만나지 못할 인연들을 붙잡고 밤새 서로의 이야기를 듣고, 비척비척 집으로 돌아간지 몇 시간만에 다시 모였다. 이 때 나는 지금까지 소중하게 이어지는 쓰리라는 친구를 만나게 된다.

 쓰리는 1년 동안의 수험 생활으로 인해 게임으로 치면 빨간 불이

달랑달랑하던 나의 사회성에 포션을 꼽아줬다. (솔직히 고백하자면 난 원체 사회성이 달랑달랑한 인간이기에 쓰리가 지금도 날 옆구리에 끼고 다니며 포션을 나눠주고 있다.) 맛있는 걸 먹고, 보고 싶던 영화를 개봉날 같이 보며 늦게까지 자신의 감상을 말하고, 술이 들어가면 내가 보는 세상에 대해 떠들고… 고등학생 마냥 가족보다 더 많은 시간을, 심지어 주말에도 같이 보내며 내가 뭘 좋아하고 싫어하는지 경험하고 쓰리라는 친구를 통해 조금 더 선하게 세상을 대하는 방법을 알게 되었다. (쓰고 보니 사랑고백 같네… 하지만 쓰리는 정말 내가 본 인간들 중 제일 다정함의 현신 같은 친구다.)

쓰리 뿐만 아니라 아르바이트를 통해 다양한 사람들을 만나니 각양각색의 경험을 할 수 있었다. 게다가 게임에서 전직이 된 것처럼 세상을 바라보는 눈도 더 여유롭고 넓어졌다. 알바를 하기 전에는 나를 제외하고 모두 발령 전에 기간제를 하는 분위기라 고민도 많았다. 남들 다 하는 것에는 이유가 있지 않을까? 기간제를 하면 상대적으로 여유로운 수입과, 근무한 경력이 인정되어 발령 후 호봉에 포함된다는 장점이 있었다. 하지만 나는 이것보다는 지금 현재에 할 수 있는 것이 중요해 다른 선택을 했다.

설령 후에 이 기간 기간제를 안 했다고 해서 안타까울 일이 생길지라도 내가 스스로 선택한 결정에 대해서는 후회하지 않을 것 같다. 의지와 확신은 나와 정말 반대의 단어인데, 이렇게 생각할 정도로 소중한 친구와 경험을 얻었기 때문이다. 딱 한 발자국의 용기만 낸다면 바뀔 수 있는 것이 많은가보다.

 그렇게 두 달을 고생해 돈을 모으고 유럽티켓을 끊었다. 몇 년만에 다시 간 런던의 킹스 크로스 역도, 숙소도 그대로였다. 이번 여행의 컨셉은 하고 싶은 거 다 하고 다니기였다. 정식 교사가 되기전 마지막 자유인의 신분으로 가는 거였으니, 내가 나를 옆구리에 끼고 잘해주기로 했다.

 런던 브릿지 건너편 벤치에 앉아 있으니 바람이 솔솔 불어오는게 작년의 임용고시 일이 꿈결 같았다. 그런데 런던에 체류하는 중 고민이 생겼다. 나는 어렸을 때부터 쿠켄호프라는 네덜란드의 튤립 축제에 대한 로망이 있었는데, 내가 런던에 있을 때 이 축제가 진행되고 있었던 것이다. 유럽의 봄은 이 쿠켄호프 축제에서 꽃이 피면 시작된다는 말이 있을 정도로 지상 최대의 구근 식물 축제였다. 런던 일정 중 하루는 네덜란드를 당일치기 해서 갔다올까… 한국에 돌아가면 다신 기회가 없을지도 몰랐다. 교사가 되면 또 언제 4, 5월에 유럽을 오겠는가.

 그래, 기회는 지금뿐이다.

당일치기 네덜란드 왕복 표를 끊었다. 새벽 같이 일어나 비행기를 타고 2시간 가량을 날아 축제에 도착했다. 실제로 본 축제는 아주 규모가 크고 멋졌다. 실내관에서는 각기 다르게 개량한 튤립들도 전시하고 있었는데 임고 생활을 막 끝낸 수험생의 눈에는 식물의 물관과 체관을 갈라 확인해보고 싶다고 비춰졌다. 그렇게 다리 아플 정도로 구경하고 네덜란드에서 런던으로 돌아오는 길, 늦은 기차에는 승객이 별로 없었다. 하루를 돌아보기 딱 좋은 조건이었다. 창문으로 비춰지는 가로등의 노란 불빛을 보며 묶어놓은 건초더미, 알록달록한 튤립들, 아이의 손을 잡고 있던 부모들을 떠올렸다. 그렇게 많은 꽃들로 둘러싸인 경험은 전무후무했다. 네덜란드에서의 하루는 아주 향기롭고 따사롭게 기억될 것이 분명했다.

이후에도 미술관을 가고, 몇 년 전 좋았던 기억이 있었던 음식점을 재방문하고, 늘어지고 싶은 날에는 느긋하게 늘어지며 여행을 했다.

런던에서는 가고 싶던 악세사리 브랜드에 들어가 목걸이를 샀고, 스페인에서는 환한 대낮에 타파스와 와인을 잔뜩 먹고는 살짝 알딸딸한 기분으로 거리를 쏘다니기도 했고, 파리에서는 에펠탑 앞의 잔디밭에서 벌러덩 누워있었다. (물론 그 잔디밭은 개도 다니고, 쥐도 다니고, 진드기도 다니는 아주 자연친화적인 환경이기 때문에 돗자리 깔고) 한 달 가량 여행의 마지막 장소는 포르토였다. 같이 일정을 보내게 된 일행들과 함께 언덕에 올랐다. 해가 지고 있었다. 지구 반대편에서 수없이 본 석양이었고, 세계 3대 석양 스팟이라 불리우는 코타키나발루에서도 봤었는데, 이 때 본 석양이 최고였다. 옆에선 마룬5의 what lovers do가 흘러나오고 있었다. 모든 고민과 생각을 없어지는 느낌, 순도 100퍼센트의 아름다움이었다.

훈기 있는 바람, 부드럽게 웅웅대는 낯선 언어, 붉은색과 옅은 남색이 그라데이션 된 풍경. 팝업스토어 근무 경험도 즐거웠지만, 돈 걱정 없이 펑펑 놀 수 있는 백수가 제일 적성에 맞게 된 것을 안 뜻깊은 여행이었다.

# 세상에 이런 뻽은 없는거

여행을 마치고 귀국을 해서 사회인이 되기 직전의 단계를 보내고 있었다. 재수를 안 했다는 가정 하에 보통 임용고시를 한 번에 통과한다면, 교대 졸업생들은 24살에 임용이 된다. 나 역시 24살에 발령 받았다. 그때 내가 할 줄 아는 것은 제 시간에 일어나기, 밥 먹기, 주변 정리하기 정도로 도저히 성숙한 직장인의 것이라고 볼 수는 없었다. 하지만 발령 날짜는 다가오고 있었다.

교육청의 정기 발령은 3월 발령(줄여서 3발), 9월 발령(줄여서 9발) 2가지이다. 발령이 나기 3주 전 정도, 교육청에서 어느 교육지원청으로 발령이 날지 공고가 난다. 교육지원청은 교육청의 하위기관이다. 그 후에는 교육지원청 사이트에서 구체적으로 어느 지역의 어느 학교에 발령 나는지 공고가 난다. 그런데 문제는 이 공고가 교육청 공고가 난 뒤 빠르면 1주, 느리면 2주라는 것이다.

나는 9월 발령을 예측하고 있었는데 이 말인 즉슨, 9월이 되기 일주일 전에 내가 처음 발령 받는 학교를 알게 된다는 것을 뜻했다. 나는 계속 수도권에 살았다. 친가, 외가 가족들 모두 서울에 살아여행을 제외하고는 밑으로 내려가 본 적이 없었다. 8월, 발령 발표가 나던 날, 화장실이 급한 강아지 마냥 교육청 사이트를 들락날락

거렸다. 침대 옆에는 잠시 멈춤한 아이패드와 뜯은 과자 봉지를 놓고, 이불에 둘둘 감겨 노트북 터치패드를 두드렸다. '떴다!' 제발 내가 사는 지역에 발령받았길 바라며 잽싸게 공지를 클릭했다. PDF 파일이라 기다림 없이 한 방에 들어갈 수 있었다. '김… 김… 김…' 지금은 오래되어서 기억이 희미한데, 아마 개인정보 보호를 위해 이름 한 글자를 가리고 전화번호 뒷자리를 같이 썼던 것 같다. 왼쪽부터 이름, 전화번호 뒷자리, 발령지역이 나와 있었다. 조급하게 이름 찾고, 내 전화번호 뒷자리를 확인한 뒤 눈을 오른쪽으로 굴렸다. '음?' 뭔가 잘못됐다. 발령받은 지역이 이상했다.난 1지망에 내가 사는 지역, 2,3지망에는 근처 지역을 썼는데 내 이름과 전화번호 옆에는 한 번도 가본 적이 없는 지역이 써있었다. 앞에 사람과 헷갈렸나, 다시 고개를 왼쪽으로 돌려도 노트북 화면은 변하지 않았다. 발령 어디 났냐고 묻는 친구의 메신저 알림음을 신호탄으로 심장이 거세게 뛰었다.

내가 발령받은 지역은 살면서 한 번도 가보지 않은 지역으로, 이 지역에 대해 알고 있는 것은 사회 시간에 배운 특산품 정도였다. 사실 원하는 지역에 발령 받기가 힘들긴 하다. 교사의 발령은 명예퇴직, 정년퇴직 또는 의원면직 (쉽게 말해 사직), 휴직 등으로 자리가 빈 기존 교사의 수를 세어 그 자리를 채우는 형태로 진행된다. 예를 들어 파주에서 5명, 안양에서 10명의 자리가 났다면 발령대기자 중에서 상위 15명이 발령나는 형태다. 이 15명은 임용고시 순위대로 자른다. 그 때 그 때의 지역별 교사 T.O(빈자리), 나의 임용고시 등수, 발령 시기 이 삼박자가 맞아야 원하는 지역으로 갈 수 있다. 또 설령 이것이 모두 맞는다 하더라도 같이 발령받는 사람의 수에 따라 난 다음 지역으로 밀릴 수 있다. 어쨌든, 머리로는 이해해도 가슴으로는 받아들이지 못하는 것이 있지 않은가. 대학 시절 이해되지 않은 상황을 마주치면 충청도 친구와 하나의 약속처럼 어김없이 주고받던 말이 있었는데, 바로 '세상에 이런 뱁은 없는겨~'였다. 발령지를 확인한 내 머릿속에서 느릿한 충청도 말투가 자동으로 재생되었다.

처음 봤을 때는 부정이었다. 잘못 봤겠지? 이후에는 분노였다. 아니 어떻게 이렇게 희망 사항은 하나도 반영이 안 될 수 있지? 발령이 어째 이 때 났지? 다음 발령에서는 원하는 지역에 갈 수도 있었을텐데! 그 다음은 좌절이었다. 정말 되는 일 하나 없구나. 마지막은 체념이었다. 그래 될대로 되라. 뭐 조금 있다 나가면 되지. 그런 마음가짐으로 침대에 누워 하루하루를 보냈다. 사실 발령이 며칠 남지 않아 할 수 있는게 별로 없었다. 보던 미드를 마저 보고, 가끔씩은 밖에 나가 산책하고. 단순하고 불안한 일상을 보냈다.

며칠 뒤 해당 지역 교육지원청의 장학사에게서 연락이 왔다. 갈 수 있는 학교를 알려주고 희망 순위대로 문자를 보내라는 것이었다. 이것은 아마 지역마다 다를 것 같은데, 내가 발령 받은 지역은

나 포함 3명만 발령 받아 이런 호의가 가능했던 것 같다. 보통 대규모로 발령나면 이런 연락 없이 교육지원청 공고로 난다. 어쨌든 마지막으로 유일한 선택권이 생겼으니 잘 골라야 하는 상황이었다.

# 괜찮지 않지만 괜찮고 괜찮지만 안 괜찮은

보통 괜찮은 학교라고 하면 무엇이 떠오르는가? 아마도 유흥가와 멀고, 차가 없어 바람직한 교육환경, 학원가가 근처에 있어 아이들의 이동시간이 짧은 환경, 소위 말하는 '공부하는 분위기'가 잡힌 환경이 괜찮은 학교라고 답할 것이다. 그렇다면 괜찮은 직업 환경은? 나에게는 버스와 지하철이 근접해 있어 교통이 좋고, 근처 편의시설과 카페의 종류가 많으며, 은행과 상업지구가 잘 조성되어 있는 것이었다. 읽으면서 아셨겠지만 충돌하는 이 두 개의 조건을 절충해야 하는 상황이었다. 지푸라기라도 잡는 심정으로 그 지역에서 일하는 지인에게 물어봤다. 혹시 그 지역에서 어디 학교가 괜찮아?

몇 시간 뒤 답장이 왔다. '내가 다 물어봤는데 ㅇㅇ교가 우리 지역의 강남학교래'. 강남? 나는 흔히들 말하는 ㅇㅇ의 ~ 형태를 좋아하지 않는다. 어떠한 것 하나의 고유한 물성을 부정하고 그저 다른 것의 아류작 취급하는 느낌이 들기 때문이다. 예를 들어 한국의 파리라고 한다면 한국이면 한국이고 파리면 파리지 그게 같이 있을 게 뭐람. 두 개의 매력은 전혀 다른데. (혹시나 해서 덧붙이자면, 난 한국과 파리 모두 너무나 사랑한다.)

어쨌든 강남8학군과 강남의 편의시설이 같이 있다는 뜻으로 받아들였다. 그래서 그 학교를 1지망으로 썼다. 2지망과 3지망을 정하기는 쉬웠는데, 다른 두 학교를 지도에 쳐보니 한 학교는 밭 한가운데 있었다. 게다가 같은 수도권이라 보기 어려울 정도로 먼 거리였다. 내 기준 괜찮은 직업환경과는 아주 반대였기 때문에 지도 위치를 확인하자마자 2, 3지망을 정하였다. 그리곤 에라 모르겠다라는 심정으로 그렇게 적어 전송하기 버튼을 눌렀다.

다시 며칠 뒤 내가 발령받은 교육지원청의 공고가 났다. '아… 3지망 학교 됐으면 어떡하지?' 지금까지 인생을 곤혹스럽게 떠올리며 공고를 클릭했다. 다행히도 발령장을 줄테니 교육지원청으로 모이란 연락과 함께, 1지망 학교에 발령받았다.

교육지원청에 모여보니, 초등 임용뿐만 아니라 중등 임용에 합격한 선생님도 한 분 계셨다. 교육장께 발령장을 받고 몇 마디의 덕담을 들었다. 그리곤 발령받은 학교의 교감 선생님을 기다렸다. 학교는 보통 관리직인 교장,교감과 평교사로 이뤄지는데 학교에 신규 발령이 나면 교감 선생님이 데리러 오는 게 관례인듯 했다.

내가 학교를 다닐 때 교장 선생님은 퐁실퐁실한 파마를 하고 색색의 정장 투피스를 입고 다니신 멋쟁이셨는데 교감 선생님은 기억에 아예 없었다. 어떤 분이실지 긴장된 마음으로 기다리는데, 정장을 입으신 교감 선생님이 들어오셨다.

"반가워요. 돌멩이 선생님이죠?" 지금까지 내가 들어온 호칭은 학생이었는데, 선생님이라니. 기분이 이상했다. "아… 안녕하세요." 정말 교사로서의 생활이 시작된 첫 순간이었다.

교감 선생님의 차를 타고 학교로 갔다. 교육지원청과 학교가 가까워 숨 막힐듯한 어색함은 다행히도 잠깐이었다. 도착하자마자 차에서 팝콘 튀겨지듯 내리니 붉은색 벽돌로 지어진 학교가 보였다. 지역의 강남이라는 말을 들을 만큼, 학교는 컸다. 내가 나온 초등학교와 비슷해보였다. '내빈용 실내화 신고 따라오세요'. 학창시절 정체를 모를 어른들이나 (지금 생각하면 장학사나 출장 온 다른 선생님이었던 것 같다.) 신던 그 실내화를 내가?? 속으로 도대체 이게 무슨 상황인지 소리 지르며 얌전히 실내화를 갈아신었다.

교무실은 2층이었다. "안녕하세요…." 방학에도 나와있던 선생님들의 눈이 나를 향했다. "아이고 신규 선생님 오셨네." "안녕하세요~" 교무실에 계시는 어른들이 나에게 존댓말을 하다니…. 또 내적 혼란을 겪었다. 문 바로 옆에 있던 선생님이 말을 걸었다. "오느라 고생했네요."

교감 선생님이 자리에서 무언가를 챙기더니 다시 나를 지나쳐갔다. "교장실로 가서 인사드립시다." 난 12년 동안의 학창시절 동안 교장실에 들어가 본 적이 한 번도 없다. 그냥 열린 문 사이로 체리 색의 중후한 가구들이 배치 되어 있는 것을 흘끗 봤을 뿐이다. 세 번째 내적 혼란이었다. 교장실 문 앞에 선 교감 선생님은 잠시 긴장하시는가 싶더니 (이 이유는 뒤에 교장 선생님에 관해 이야기 할 때 이해가 가실 것이다.) 문을 두드렸다. "들어오세요." 문고리가 돌려지는 순간에 맞춰 마음 속으로 소리를 내질렀다.

"교장선생님, 교감입니다. 신규 선생님 오셨습니다."
"어! 돌멩이가 자네구만!"

교장선생님은 호탕하신 분이었다. 안경 너머로 눈이 번쩍거렸다.

"앉아, 앉아."

그 푹신한 가죽의자를 손짓하더니 교장선생님께서 자리에 앉았다. 그 순간 먼저 발령받은 친구의 충고가 생각났다. '처음 불려가면 개인정보 물어볼거야. 정신 차리고 적당히 말해.' 하지만 지금 막 사회초년생이 된 나에게 그것은 너무나 지키기 힘든 것이었다.

자리에 앉은지 30분도 안 지나서, 사는 지역, 출신 학교와 과는 물론이고 본가와 부모님의 직업까지 탈탈 털렸다. 물론 요즘은 개

인적인 질문은 묻지 않는 분위기지만 내가 발령받은 지역은 아직 그런 분위기가 오지 않은 지역이었고, 관리자 역시 오랜만에 온 신규가 한껏 궁금하셨을 것이다.

그리고는 뜬금 없이 점심을 먹으러 갔다. 학교마다 다르겠지만 내가 있는 학교에서는 방중근무라고 방학 중에 나와서 근무하는 시스템이 있다. 이 때 점심은 각자 알아서 도시락을 싸오거나, 외출을 달고 나가서 사먹어 해결하는데, 그 날은 신규인 내가 와서 교장 선생님이 점심을 사주겠다고 하셨다.

본 지 10분밖에 안 된 사람들과 밥을 먹다니. 게다가 그것도 너무나도 어른들과. 교무부장님과 방중근무하던 선생님들과 함께 차를 탔다. 하필이면 자리도 뒷자리 가운데였다. 이젠 소리 지를 힘도 없었다.

한정식 집에 갔다. 교장 선생님과 교감 선생님을 중심으로 주르륵 앉았는데, 지금 와 생각해보면 다른 선생님들이 얼마나 당황스러우셨을까 싶다. 회사로 치면 갑자기 사장님과 부사장님과의 식사 자리라니. 그리고 옆자리엔 혼이 털린 신규 하나까지.

어쨌든 그렇게 점심을 먹게 되었고, 한참 말씀하시던 교장 선생님이 식사 끝자락에 나에게 물어보셨다.

"괜찮지?"

혼이 나가 무슨 이야기 끝에 괜찮냐고 물어보셨는지도 기억이 안 난다. 하지만 그저 반사적으로 고개를 끄덕였다.

"넵 괜찮습니다."
'아니요 안 괜찮은데요….'

그렇게 너덜너덜한 발걸음으로 집으로 향했다. 집까지 가는데만 2시간이 걸렸다. 분명 해가 밝을 때 학교에서 나왔는데, 집 근처 역에 도착하자 해가 져 어두웠다. 지난한 하루의 끝이자, 본격적인 교사 생활의 시작이었다.

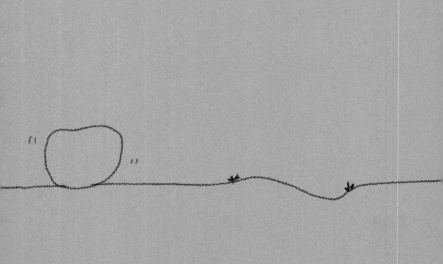

# 2. 돌멩이, 구르다

# 우와! 엄청 어리다!

　나는 5학년 영어 전담을 맡게 되었다. 발령받고 다시 찾은 학교에서 내빈용 실내화가 아닌 내 실내화를 신고 쭈뼛쭈뼛 전담실로 올라갔다. 달라진 점이 있다면 개학식 날이었다는 점이었다. 방학 때아이들이 없는 학교는 조용했지만, 신나는 여름방학을 마치고 온아이들이 있는 학교는 시끄러웠다. 서로의 안부를 묻고, 닫아 놓은전담실 너머로 복도를 질주하는 발소리가 아득하게 들렸다. 전담실에 계시던 선생님과 어색한 인사를 마치고, 나에게 교과서를 챙겨주러 오신 학년부장님을 만났다. 그런데 교과서가 없었다. 아마1학기 선생님이 가시고 자리 이동을 하면서 어딘가로 없어진 모양이었다.

　"어떡하지, 영어 교과서는 여분이 없는데…."

　난색을 표하던 부장님을 보며 이미 정신이 빠진 나는 빨리 도망치고 싶은 마음에 고개를 대충 끄덕였다. 사실 교과서고 뭐고 그냥집에 가고 싶었다. 그리고 교과서가 없어도 지도서를 보고서 수업은 할 수 있었다. 학생들이 공부하는 교과서와 교사가 교수에 도움이 될 만한 것을 적어놓은 책을 교사용 지도서라 하는데, 지도서 안에 교과서의 내용이 그대로 있었고 개학식 날은 당장 수업이 없어

하룻 동안 준비할 수 있는 시간이 있기 때문에 문제가 있는 것은 아니었다.

　정작 문제였던 것은 나에게 당장 수업을 하라고 한다는 것이었다. 학교를 졸업하고 9월 발령을 받기까지 대략 반 년 정도의 시간이 있었는데, 앞서 적은 것처럼 호봉을 늘리기 위해 기간제를 하는 사람이 대부분이었지만 난 마음껏 놀았다. 하고 싶은 알바를 하고 유럽 여행을 다녀왔다. 지금껏 수업을 한 경력이라고는 실습이 전부였는데, 갑자기 20분 뒤에 반에 들어가서 수업을 해야 하는 것이었다.

　아직도 기억이 난다.

　첫 수업은 학년부장님의 반인 1반이었다. 보통 학년부장님이라 하면 학생지도와 업무 두 측면에서 모두 능력을 보여주시는 분이다. 그 때의 학년부장님도 다년 간의 당신의 경력 속에서 능력을 보여주시며 일하시는 분이었고, 전담실 바로 앞의 반이라 내가 들어오기 전 아이들을 자리에 앉히고 정리정돈할 기회를 주는 소리가 언뜻 들렸다. 종이 치기 1분 전 문 앞에 섰다. 긴장으로 배가 꾸르륵 거렸다. '나 왜 여깄지…?' 맹하게 생각하며 손을 들어 1반의 문을 두드렸다. 들어오라는 소리가 들리고 나무 미닫이 문을 열어젖혔다.

약 60개의 눈동자가 나를 향했고, 아이들의 '우와!' 탄성이 들려왔다. 내가 발령받은 학교는 소위 '젊은 사람'이 없는 학교여서 아마 놀라움이었을 것이다. 학년부장님은 영어 교과서가 없어도 괜찮다며 초점 나간 눈으로 고개를 끄덕였던 신규가 걱정이 되셨는지 나를 직접 아이들에게 소개했다. 부장님이 아이들에게 단도리를 단단히 하고 나가시자 온전히 내가 40분을 이끌어 가야 하는 상황이 되었다. 그 때 1반 아이들은 굉장히 활발한 편이라 내가 인사를 마치자마자 손을 번쩍 들어 질문하고 싶어했다. 그러나 이미 긴장하고 있는 나에게 그 광경은 마치 폭풍우 속 배에 겨우 매달려 있는데 크라켄의 다리가 불쑥불쑥 올라오고 있는 것과 같았다.

"선생님 몇 살이에요?"
"선생님 진짜 어려보여요!"
"선생님 완전 예뻐요!"
"선생님 어디 살아요?"

어머나. 번개가 번쩍번쩍 치고 있는 뇌를 쥐어짜내 뭐라고 말했는지도 모르겠다. 어찌저찌 대답을 하고 앞으로 어떻게 할지 대략적인 수업 방향을 이야기했다. 전 날 시뮬레이션 해 본 수업은 정확히 35분. 실수하고 돌발상황이 일어날 것까지 계산한 치밀한 결과였다. (임용고시 2차를 준비한 경험이 이렇게 쓰였다.) 다행히 수업을 가장한 나의 원맨쇼는 무사히 시간 맞춰 끝났다.

그렇게 6개월을 영어 전담으로 일했지만 기간제도 하지 않았던 나의 수업 스킬이 부족한 것은 안 봐도 뻔하였고, 겉으로나 수업으로나 어린 티가 나다 못해 광고하고 다녔을 것이라 생각한다. 다행히 늘 새로운 것을 추구하는 어린이들에게는 나름 긍정적인 요인으로 비춰졌지만, 수업 부분에서 아쉬운 것이 투성이다. 열심히 한다고 하긴 했는데, 지금 생각하면 너무나 구멍이 숭숭 뚫린 수업이 많았다. 영어는 제2외국어기 때문에 3,4학년 때는 듣기, 말하기와 같은 자연스러운 습득 활동이 주가 되고 5,6학년 때는 읽기, 쓰기 활동을 통해 익히는 활동이 주가 된다. 그렇다면 5학년 영어 전담을 맡은 나는 쓰기 활동을 조금 더 시켰어야 했다. 하지만 그 때의 나는 40분 수업 시간을 채우기 급급했고, 아이들의 반응이 제일 신경 쓰였다. 조금이라도 반응이 시들하면 안절부절 못했다. 그래서 학습 목표를 바탕으로 한 게임을 많이 했다. 게임 활동은 영어 교육학에도 나오는 내용인데 무슨 잘못이냐라고 생각하실 수도 있다. 보통 한 단원은 10차시 정도로 구성되는데, 단원의 목표에 따라 각 차시마다 배움 목표가 조금씩 다르다. 게임 역시 훌륭한 배움 도구이지만, 생선 요리엔 화이트 와인, 파전엔 막걸리처럼 음식의 맛을 더 돋구어주는 주류가 다르듯이 배움 목표마다 어울리는 배움 도구가 다양하다. 또 여러 반을 한꺼번에 들어가다 보니 반마다 나름의 분위기가 있었는데, 지금이라면 각 반에 맞춰 약간씩 게임을 변경했을 것 같다. 개인활동이 효과적인 반이라면 똑같은 활동이라도 혼자 할 수 있게, 모둠활동이 효과적인 반이라면 여러 명이서.

만약 다시 영어 전담을 맡게 된다면 2차시 정도는 듣기와 말하기 활동, 3차시는 활용 게임, 3차시는 배운 것을 바탕으로 한 읽기 쓰기 활동, 마지막 2차시는 개인별 확인 활동으로 마무리할 것 같다. 갑자기 수업 복기를 하게 됐는데, 나의 첫 교사 생활은 몇 년이 지난 지금 돌아봐도 부족한 점이 이렇게 와다다 쏟아져 나올 정도로 아쉬웠다.

그리고 막 사회생활을 시작한 나는 외모도, 센스도 어렸다. 학교의 선생님들도 나를 학생으로 알고 내가 인사하면 학생이 인사하는 줄 알고 '어 안녕~'하고 지나가는 일이 왕왕 있었다.

한 번은 이런 일이 있었다. 일한지 한 달 정도 지난 뒤 학교 회식 자리였다. 도대체 어떠한 연유로 그렇게 앉았는지 기억이 나지 않으나 내 테이블에 교장 선생님과 학년 부장님이 같이 계신 자리였다.

"그래~ 돌멩이 선생 학년에서 환영회는 했나?"

적당히 눈치 보고 했다고 했어야 했는데, 나는 정말 순진하게 있는 그대로 진실만을 대답했다.

"네? 아뇨 안 했는데요."
"뭐어? 아직 안 했어?"

하고는 교장선생님이 학년 부장님께 무어라고 했던 기억이 있다. 부장님…. 눈치 없는 신규라 죄송했습니다. 안 한 걸 안 했사온데… 가 아니라 상황을 보고 불편하지 않게 넘어갔어야 했는데. 쩝. 어리다는 두 가지 뜻이 있다. 나이가 적음을 가리키는 어리다와, 지금은 사용되지 않는 언어지만 '어리석다'라는 뜻의 어리다이다. 24살 막 발령 받은 나는 두 가지 의미 모두에서 어렸다.

# 코로나 학년 코로나 담임

어린 시절 과학의 날 상상화 그리기를 하면 꼭 나오던 단골 소재가 있었다. 하늘을 나는 자동차(라고 하지만 이제 개인용 우주선에 가까운), 해저도시, 우주도시 등. 지금 와서 생각해보면 이러한 풍경들이 우리가 무의식적으로 기술의 발전을 포함한 디스토피아를 예상해서 나온 것이 아닌가 싶다. 도로를 날던 자동차는 하늘로 가고, 육지에 있던 도시는 바다로 가고, 아니면 아예 지구에서 우주로 생활 반경을 옮겨버리는 등의 상상을 했으니 말이다.

그런데 뭐, 안 좋아질 수도 있다라고 예상을 할 순 있어도 전염병 때문에 이렇게 우리의 생활이 크게 바뀔지는 몰랐다. 2020년 2월, 그 사건이 터진다. 우한 폐렴으로 시작된 새로운 전염병은 코로나라는 이름으로 전 세계를 멈춰 버렸다. 사람들이 만나고 교류하고 활동을 하는 당연한 일상이 당연하지 않게 되었다. 특히나 오랜 시간 집단 생활을 하고, 신체 접촉이 많으며, 감염병에 취약한 학교는 더욱 예민하게 반응해야 했다. 원래대로라면 3월에 시작되어야 할 새학기가 4월 중순에 겨우겨우 시작되었다.

그 때까지 가능은 하나 대중적이지 않았던 비대면 온라인 화상 회의가 새로운 기준이 되고, 아이들은 학교에 오지 않았다. 해봤자

일주일에 2번, 전원 등교도 아니고 한 반만, 아니면 짝수홀수로 나눈 번호끼리만. 이렇게 수식어가 많은 이유는 교육부에서는 커다란 가이드 라인만 제시했고, 세부적인 내용은 각개 학교에서 결정해야 했기 때문에 등교의 많은 버젼이 있기 때문이다.

끝이 없는 회의를 하고 교무부장님과 연구부장님이 교육과정을 몇 번이나 갈아엎으며 얼굴의 절반이 다크서클로 뒤덮인 뒤에야 학교의 방침이 정해졌다. 줌과 e학습터를 활용하기로 했는데, 첫 번째 마주친 문제는 교과서였다. 교과서가 있어야 공부를 하는데, 학교에 오지 않고 수업을 하려니 할 수가 없었다. 결국 특단의 조치를 취했다. 드라이브-스루.

우리가 무슨 민족인가. 배달의 민족 아닌가. 학년별로 교과서를 아이들 수만큼 포장하고 시간대를 나누었다. 책상을 운동장에 내려놓고 각 반 아이들의 명부를 준비했다. 맥도날드 알바는 한 번도 안 해봤는데, 담임 하기 전에 맥도날드 경험을 하게 되었다. 자~ 드디어 첫 손님 등장!

반이랑 이름 말씀해주세요!!

거리를 두어야 하는지라 우리는 서로 멀찍이 떨어져서 소리쳤다.

3반 심재연이요!

네 잠시만요.

….

3반 맞으세요? 3반에 재연이 없는데요?

아 4반이요 4반.

네~ 4반 심재연 학생.


반대쪽에서는 워크인 크루가 고생하고 있었다. 보호자가 부득이하게 못 오실 경우 아이가 직접 교과서를 가지러 왔는데, 아직 손이 여물지 못한 아이가 가방에 많은 교과서를 깔끔하게 넣는 것은 무리였다. 게다가 새 학기라 자신의 반이 몇 반인지 모르는 학생들이 부지기수였다. (아이들이 너무 긴장한 나머지 이후 정상등교 날에도 반을 잘못 찾아와 선생님들이 직접 찾아주는 일이 꼭 세 건 이상 있었다.) 결국 한 선생님은 명부 체크, 한 선생님은 가방과 교과서와 사투를 벌이고 있었다.


반나절 가량의 맥도날드 크루 경험을 끝내자, 머리부터 발끝까지 누래졌다. 우리가 예상하지 못한 것이 있다면, 4월은 황사의 계절이었고, 건조한 날씨가 자동차 타이어를 만나자 흙먼지를 많이… 그것도 아주 많이 만들었다는 것이었다. 입에선 모래맛이 났고 반 아이들 얼굴 대신 자동차 쌍라이트를 마주했다. 부장님이 피곤한 얼굴로 읊조렸다.

"내 생애 이런 경험은 처음이다. 오늘 영업 끝!"

물론 교실로 돌아간 뒤에는 e학습터 로그인이 되는지 안되는지 컴퓨터를 붙들고 있느라 눈 빠질듯한 흙먼지 인간이 되었다.

두 번째 문제는 학생들이 온라인 수업을 들을 수 있는 환경의 구성이었다. 반 구성원 모두가 컴퓨터와 카메라가 갖춰져 있을리 없었다. 컴퓨터나 노트북이 없는 학생들에게는 부랴부랴 학교에서 구입한 태블릿을 대여해주기로 했는데, 개학 직전까지 아이들에게 다 나눠주기에는 기존에 학교가 가지고 있는 수량이 부족했다. 정보 담당 선생님이 초조하게 전화기를 붙들고 여러 업체와 컨택했지만, 다른 학교도 비슷한 실정이라 일정을 맞추기 힘들었다. 결국 취약계층에게 우선적으로 태블릿을 배부하고, 나머지를 추가 구매하기로 했다. 또한 아이들이 줌과 e학습터에 들어올 수 있는 방법을 안내해야 했다. 전자 기기 사용이 익숙한 고학년과 달리 저학년은 학생의 일이라기 보다는 보호자의 일이었다. 교과서를 배부하면서 안내장에 e학습터의 아이디와 비밀번호를 생성해 배부했고, 로그인이 되는지 안 되는지 실시간 콜센터가 되어 확인했다.

네 o반 담임입니다.
선생님 저 A 엄마인데요, A가 비밀번호를 까먹었다고 해서요….
선생님 저 B인데요 로그인이 안 돼요.

샘 저 C인데 영상 재생이 안 돼요.
샘 저 D인데 줌에 안 들어가져요.

…세상에.

세 번째 문제는 교사들의 환경 구성이었다.

[TF(태스크포스의 약자, 임시적으로 어떤 과제를 해결하기 위해 만들어진 팀을 뜻함) 팀이 줌과 e학습터 연수 예정입니다. 잠시 후 아래 주소로 줌에 접속해주세요]

교사들이라고 다르겠는가. 컴퓨터 카메라가 있긴 했지만 화질이 좋지 않았고, 수업을 하려면 내용을 쓰면서 해야 하는데 타블릿 펜도 없었다. 결국 이리저리 편성되어 있던, 그러나 코로나로 인해 취소된 학교 예산을 들여 급하게 카메라와 타블릿을 사기로 하였다. 교무부장님과 연구부장님의 피나는 검색 끝에 결정된 모델이 도착하자 이번엔 학교 선생님들끼리 연수를 해야했다. 모두가 처음 겪는 상황이기 때문에 하나씩 부딪쳐 가면서, 줌을 깔고, 수업 중 모둠활동을 할 수 있게 소회의실을 만드는 법을 익히고, 접속이 안 될 경우 어떻게 해야 하는지에 대한 전략을 짰다.

네 번째 문제는 줌을 하면서 생기는 현실적 문제였다. 사실 다 큰 성인인 나도 줌을 하게 되면 카메라에 안 보이는 하반신은 양반 다리를 하기도 하고 덜덜 떨기도 하는 등 자유롭다. 아이들이면 오죽하겠는가. 선생님이 눈 앞에 있는 교실도 아니고, 버튼 하나로 소리를 끌 수 있는 줌 환경이라니. 그냥 재미 없는 유튜브 영상 시청 같았을 것이다. 게다가 아침 일찍 학교 가기 위해 세수하고 밥 먹고 집을 나서는 일상이 완전히 파괴되면서 줌 수업의 부제는 – 너의 잠옷은 – 이였다. 모두들 머리 위에 까치집 하나씩을 이고, 줌에 접속한다. 일어난지 1분도 안 된 것이 분명한, 화면 너머로 느껴지는 따근한 잠내. 책상에 앉아있다면 고맙고, 침대에 누워 키는 아이도 있었다.

"ㅇㅇ아~ 침대 말고 책상~."

출석 확인을 하면서 각자의 잠옷을 자랑하게 되는데, 동물 잠옷, 짱구 잠옷부터 스트라이프 잠옷, 체크 잠옷까지…. 취향이 가득 담겨 화려한 화면으로 내 두 번째 모니터가 채워졌었다. 이 외에도 웃지 못할 상황들이 많았는데 여름에는 나시만 덜렁 입고 카메라를 킨 아이에게

"ㅇㅇ아!! 카메라 켜져있다!! 옷!!"

이라고 다급하게 소리를 내지른 적도 부지기수고, 줌에서 화면

공유를 하면 자신의 카메라가 안 보일 것이라고 생각하는 아이의 아침 먹방을 보기도 했고(맛있니? 라고 물어보면 민망한 얼굴로 그제서야 밥 그릇을 스윽 밀어놓는다.), 편한 옷을 입은 아버님의 다리가 불쑥 특별 출연하기도 했다. 깜박하고 소리를 미처 꺼놓지 못한 아이의 카메라에서 아이의 형제를 깨우는 부모님의 고성을 같이 들은 적도 있었고, 수업시간보다 빨리 들어온 아이들끼리 서로 집의 반려동물을 자랑하는 귀여운 일도 있었다. 아이들의 품에 안긴 강아지, 고양이, 햄스터, 새들이 어리둥절하며 앞의 화면을 갸웃거리며 쳐다볼 때마다 다른 아이들의 탄성이 터졌다.

내가 어린 시절 그려낸 과학의 날 상상화는 하늘을 나는 자동차였는데 코로나가 터졌던 것처럼, 내가 생각한 첫 담임과 실제의 첫 담임은 매우 달랐다. 내 생각 속에선 3월에 아이들을 맡고, 4월부터 나름대로의 루틴을 짜놨었는데 실제로 한 것은 4월의 성인 키자니아로 맥도날드, 콜센터, 기술직 체험이었다. 쉴새 없이 날라오는 테니스 공을 쳐내듯 불쑥불쑥 나타내는 문제를 해결하며 나의 첫 담임 생활은 시작되었다.

# 하늘이 무너지면 솟아날 구멍이

[페이머니 카드 결제로 리워드가 적립되었습니다. (결제금액의 0.3% 페이포인트 적립)]

[결제금액:9,300원 결제일시: 6.17. 08시 15분]

하아⋯. 출근길에 핸드폰 결제 알람을 보면서 불만족스러운 한숨이 나왔다. 안 그래도 피곤한 아침에 이런 슬픔을 느끼게 해준 자는 바로 택시비다. 내가 쓰는 돈 중에 제일 아까운 영역을 꼽아보라면, 난 망설임 없이 택시비를 고를 것이다. 어! 택시비 아껴서 뜨끈한 국밥 사먹고! 나를 행복하게 하는 것들에 쓰지! 약속시간보다 조금 빨리 나와서 걸어가자, 또는 대중교통 타자는 마인드로 인생을 살아왔는데, 머나먼 곳으로 발령이 나 지옥의 통근러가 되면서 커다란 문제가 생겼다.

바로 발령난 지역이 인구가 많지 않은 곳이라⋯. 대중교통이 거의 없다시피 한 것이다. 근처 역에서 학교까지는 거리가 있어서 꼭 버스나 자가용을 이용해야 했는데, 자차도 없고 버스도 없는 나에게 유일한 해결책은 택시였다. 하지만 왕복으로 2만원, 한달 출근일자가 20일이라고 치면 40만원. 사회 초년생에게 만만한 금액이 아니다. 게다가 마음에 안 드는 소비로 쓰린 마음은 덤. 이 때 짠- 하고 나타난 구세주가 있었으니…. 여기서는 진정한 '참어른'의 자세를 보여준 교사 선배님들에 대해 써보려고 한다.

　우선 택시 구세주님이다. (이하 택구님) 교사들은 몇 년에 한 번씩 학교를 옮기는데, 이 때 지역을 옮기는 경우도 왕왕 있다. 이동 점수를 사용해서 이동할 수 있는데, 한 학교에 오래 근무하고 업무 강도가 높을수록 이동 점수가 높아진다. (최대 있을 수 있는 연도 제한이 있긴 하지만 이 책은 근무지 이동 책자가 아니므로) 물론 상대적이라 내 이동 점수가 낮다면 원하는 지역에 못 가고 다른 지역에 갈 수도 있다.

　어쨌든, 택구님도 지역을 옮겨 이 학교로 전보 오시게 되었다. 본래 살던 지역에서 출퇴근을 하시기로 했는데, 이 지역이 내가 살고 있는 지역과 바로 옆이었다. 택구님은 당신의 반 정리를 하시자마자 나를 호출한다. (놀랍게도 초면이다.)

"엇…. 안녕하세요."
"자기야. 자기 출근 어떻게 해?"
"일찍 나오면 버스 타구요…. 아니면 그냥 택시 타요."
"그래? 잘 됐네. 나랑 같이 다니자. 자기가 돈이 어딨어."

　도대체 이렇게 쿨하고 멋진 박력은 어디서 나온단 말인가. 자가

용으로 편도 1시간 20분의 거리를 비슷한 지역에 산다는 이유로 거둬주신다니. 거기다 여기서 끝이 아니었다. 우리 학교로 전보나신 선생님들 중 비슷한 사정의 선생님을 두 분이나 당신의 망태기에 넣으셨다. 그렇게 우리는 망태기에 달랑달랑 넣어져 출퇴근을 같이 하게 되었다.

네 명이 떠들다 보면 혼자서는 멀기만 했던 길이 반의 반 정도로 느껴졌다. 게다가 수업 요령이든, 생활 지도 요령이든 부족했던 나는 이 때가 가장 많이 배운 때였다. 선생님들께서 너무 사소하고 당연하다 생각하셔서 말씀 안 하시던 팁들을 대화하면서 자연스럽게 습득했다. 출근도 하고, 연수도 받고, 즐겁고! 쮕 먹고 알 먹고 디저트까지 먹게 해준, 쿨하고 멋진 우리의 택구님. 그리고 카풀 선생님들. 나를 업어 키워주신 분들이다.

다음으로 학년 부장님이다. 학년 부장님 역시 택구님과 같은 지역에서 전보 오신 분이셨다. 내가 지금까지 본 선생님들 중 가장 우아하고 마음이 따뜻하신 분이다. (이하 우부님) 사실 초등 교직 사회에서 부장은 웬만하면 피하고 싶은 부담스러운 자리다. 큰 힘에는 큰 책임이 따른다고 하던가, 그런데 부장 자리는 힘은 없고 책임만 너무나 많다. 관리자와 평교사의 의견을 조율하고, 개선시키는 회의에 매번 참석하고 학년의 교육과정과 동학년의 업무, 대소사를 모두 책임진다.

우부님은 처음 연구실에서 뵌 날,

"제가 이 학교는 처음이라 부족한 점이 많을 거에요. 잘 부탁해요."

라고 하셨다. 말씀이 무색하게, 부장님의 손길이 닿으면 불가능한 것이 없었다. 친절하고 일 잘하고 정의로운 상사라니. 거의 상상의 동물 유니콘 아닌가. 또 아무리 형편 없는 것에서도 좋은 점을 찾아 말씀해 주셨다. 예를 들면 3년차인 나의 업무를 꼼꼼하다고 해주신다든가. (난 나를 잘 아는데, 절대 꼼꼼한 성격이 아니다.) 게다가 아닌 건 아닌 것이라고 관리자에게 바로바로 말할 수 있는 능력까지. (저경력 나부랭이는 이 둘 사이에 낄 수 있는 짬도 아니지만, 어찌됐든 만약 셋이 한 자리에 있게 된다면 나만 넋놓고 있을게 뻔하다.) 내가 나이를 먹는다고 우부님처럼 되지는 못하겠지만, 두고두고 배우고 싶은 분이다. 연말에 이런 느낌을 말하며 감사하다고 했더니, 우부님은 잠시 생각하시다 말씀하셨다.

"지금 자기 나이가 도움 받는 게 당연하지. 나도 그랬어. 자기가 커서, 그 때 도움 필요한 사람에게 도움을 주면 돼."

한 번도 생각해 보지 못한 말이었다. 도움은 서로 주고 받는 것이라 생각했는데, 우부님의 말씀을 듣고 보니 다음 사람에게 줄 수도 있겠구나. 라는 생각이 들었다. 그게 바로 사회의 발전 방향인 것 같기도 하고. 역시 멋진 어른이다.

마지막으로 학교에 발령 받고 처음으로 따뜻한 기억을 심어준 분은 그 때의 교무부장님이었다. 6개월 전담을 끝내고, 드디어 첫 담임으로 배정된 개학날이었다. 평소보다 일찍 와서 준비하고 있는데 교실 전화가 울렸다. 교무실 번호였다.

"네 0학년 0반 돌멩이입니다."
"어, 돌멩이 선생."

특유의 사투리 말투로 교무부장님이 수화기 너머에서 말을 걸어왔다. 뭐지…? 우왕좌왕 내적 갈등을 겪고 있는데, 건넨 말이 너무나 생각지 못하게 따스했다.

"오늘 첫 수업이지? 축하해. 파이팅이야."

꼭 몸을 데워주는 약차를 마신 기분이었다. 물론 그 첫 날 첫 수업은 대차게 망쳤지만, 나에게 그 날은 교무부장님의 한 마디 덕분에 소중한 날로 남아있다.

–

쓰다보니 또 생각나 한 분만 더 말해야 겠다. (이렇게 계획성이 없는 건 몇 페이지 전 언급한 내가 꼼꼼한 사람이 아니란 것에 대한 반증이다.) 내가 정말 발령 받은 직후의!! 햇병아리도 아니고 햇햇햇병아리 시절의 교무부장님이다. 아까의 약차 부장님이랑 다른 분이시다.

무엇 때문인지는 기억이 안 나는데, 교장 선생님께 한 소리 듣고 교무실에 와 주눅 들어 있었다. 발령 받은지 얼마 안 되었을 때라 시무룩한 게 표정에 드러났나 보다. 컴퓨터 너머로 바쁘게 일하고 계시던 교무부장님이 고개를 쏙 빼더니 툭 내뱉었다.

"혼났어? 괜찮아. 나는 맨날 혼나. 신경 쓰지마."

학교의 일을 모두 관리하는 교무부장님이 자신과 까마득한 나이 차가 나는 신규에게 자신도 교장선생님에게 혼난다는 표현은 자존심이 상할 수도 있는데 아무렇지 않게 위로해준 모습이 기억에 남는다. (그리고 그 때의 교장선생님은 모두까기여서 정말 당신의 성정을… 모두에게 부리셨다. 심지어 장학사나 학교에 온 경찰에게까지. 나도 몇 달 뒤엔 적응돼서 또 소리 지르시네…. 하고 말았다.)

# 3. 돌멩이와 날씨

# 1부

# 돌멩이와 햇빛

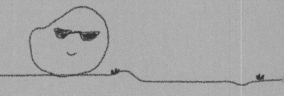

돌이 풍화되는 과정은 여러 자연현상에 의해서다. 때로는 햇빛을 받아 보석마냥 빛나기도 하고, 때로는 무섭게 내리치는 폭우로 인해 범고래의 피부처럼 반짝이기도 한다. 불어치는 바람을 그대로 맞으며 모래먼지를 뒤집어 써 뿌옇게 변하기도 하고 진흙에 굴러 떨어져 지나가는 동물들을 구경하기도 한다. 나의 삶이 돌돌돌 굴러가는 돌멩이의 삶이라면, 지금까지의 경험들은 나를 더 둥글고 윤이 나게 만드는 풍화 과정이라고 볼 수 있겠다. 교사라는 비탈길에 들어선 나라는 돌멩이가 어떻게 굴러가는지 그 일련의 사건들을 몇 가지 소개하고자 한다. 우선 햇빛을 받았던 일들, 이름하야 〈교사 희망편〉.

## 운동회와 짜장면

난 학창 시절 운동회를 싫어했다. 왜 군이 시원하고 쾌적한 교실을 떠나 햇빛이 내리쬐는 운동장에 내려가 하루종일 있어야 하는지, 게다가 들뜬 날엔 꼭 사고도 많이 일어나서 대회에서 지면 내가 잘했니 니가 못했니 싸우다가 울어버리는 친구를 위로한다든지, 시옷과 비읍으로 시작되는 단어를 섞어가며 밥을 먹어야 한다든지 등 찝찝한 마무리도 마음에 들지 않았다. 그리고 끝나면 교실로 각자 의자를 들고 올라갔는데, 그 수고스러움과 입에서 느껴지는 깔깔한 모래알까지. 그런 것보다는 그냥 그늘에서 책 읽는 것을 훨씬 선호하는 학생이었다.

그런데 내가 선생이 되어 운동회를 주최해야 하는 날이 왔다. 우리가 어렸을 때의 운동회라 함은 청팀, 백팀으로 나뉘어 전 학년이 참가하는 큰 행사였다. 2인 3각, 콩주머니 터뜨리기, 장기자랑 등으로 구성되어 있던 기억이 희미하게 난다. 하지만 아직 코로나 상황이라 전 학년이 모두 같은 날에 하기에는 부담스럽다는 판단 하에 우리는 학년끼리만 진행하기로 결정했다. 코로나로 다른 반 친구들과는 거의 교류가 없던 아이들에게는 그것조차도 초미의 관심사였다.

선생님 운동회 때 뭐해요? 운동회.

선생님 운동회 하면 수업 안 해요? 너가 그러면 할 거에요.

선생님 저 운동회 처음 해봐요. 오~화이팅.


아이들의 질문과 말 공세를 적어 이으면 지구를 한 바퀴 돌 수 있을 때 즈음 드디어 그 날이 왔다. 학년 아이들을 조회대 계단에 앉혀놓고 선생님들끼리 최종 계획을 체크했다. 줄넘기 대회, 신발 던지기 대회 등 체험에 가까운 코너가 끝나면 장애물 달리기를 하기로 했다. 아이들에게 계획을 알려주고 장애물 달리기에 대한 신신당부를 했다. 빨리 달리는 것도 좋지만 안 다치는 게 우선이야. 알겠지? 물론 안 통했다. 다른 반을 이겨야 한다는 어떠한 집념이 눈속에서 읽혔다. 아이들이 단체로 달려들 때의 그 무서움이란… 어찌됐든 넘어지지만 말라는 담임의 소박한 소망은 무시한채, 아이들은 미리 정해놓은 순서대로 섰다.


장애물 달리기의 첫 번째 코스는 줄넘기, 두 번째 코스는 탁구공 종이컵에 얹어가기, 세 번째는 훌라후프 후 직진 달리기였다. 내가 가장 걱정되었던 것은 세 번째 코스였는데, 아이들은 흥분하면 손에 있는 게 뭐든 잘 내던지는 것을 그 동안의 체육 수업 경험으로 체득했기 때문이다. 훌라후프로 돌리기를 완성하고 나면 보이는 결승선에 흥분한 아이들은 훌라후프를 내팽겨칠 수 있을 것이고, 혹여나 그 때 뒤따라오는 아이가 맞기라도 한다면… 구덩이 무서워 장 못 담그는 격이었지만 어쨌든 제발 사고가 안 일어나기를 빌며 출발선에서 아이들을 준비시켰다.

땅!

출발총 소리와 함께 첫 번째 주자가 달려나갔다. 놓여있는 줄넘기를 잡고, 엉켜 있는 줄을 푼 다음 빠르게 넘었다. 중간에 발이 걸리면 다시 처음부터 하나, 둘….

"2반 달려어!!"
"4반 화이팅!!"

애타는 반 친구들의 목소리가 닿은듯, 하나둘씩 첫 번째 코스를 떠나 두 번째 코스로 달려간다. 해보신 적이 있을지 모르겠지만, 종이컵을 뒤집은 뒤 탁구공을 그 위에 올려놓으면 가벼운 무게 때문에 이리저리 흔들린다. 그 아슬아슬함을 잡고서는 정해진 거리만큼 달리면 되는 코스였다.

"아!!"

선두에서 진행하던 아이들이 탁구공을 얹고 절반쯤 왔을 때, 바람이 휙 불더니 탁구공이 야속하게도 날라가 버렸다.

"빨리이!!"

그 사이를 노려 훅, 중위권에 있던 주자들이 치고 들어왔다. 이겨라! 이겨라! 신난 아이들의 목소리가 한데 뒤섞여 5월의 쨍한 날씨를 세로질러 울려퍼지고, 마지막 코스에 도달한 아이들이 훌라후프를 돌리기 시작했다. 그런데 아뿔싸, 훌라후프를 할 줄 아는 친구가 거의 없다는, 전혀 생각해 보지도 못한 문제가 발생했다.

"허리에 놓고 돌려! 그렇지!"

덕분에 초기의 내 걱정은 무용지물이고, 갑자기 분위기 강습시간… 이 되어 훌라후프 마스터가 되기 위한 노력이 시작되었다.

달려달려! 결국 사이좋게 엇비슷하게 들어온 아이들로 인해 운동회는 축제 분위기로 끝났다. 1등이 누구고, 2등이 누군지는 중요하지 않았다. 아이들은 우리 학년 전체가, 또 우리 반이, 내가 한 데 모여 무언가를 해냈다는 것이 중요했다.

운동회 오전 시간을 마치고, 교실로 올라갔다. 운동회의 급식 메뉴는 영양사 선생님의 혼을 갈아 넣은 짜장면이었다.

"우와 짜장면!!"

땀에 절은 앞머리를 찰싹 붙인 아이들이 급식판을 들고 기다리며 좋아 어쩔 줄 몰라했다. 짜장면 소스를 부어먹을 건지 찍어먹을건지 (짜장면인데 도대체 왜?) 소스 당번과 실랑이를 한 판 벌이고 착석한 아이들이 쥐 죽은 듯 조용한 식사를 하기 시작했다. 아… 힘드네. 뛴 건 애들이지만 체력은 내가 빨려서 의자에 실려있듯 앉아있었다.

"선생님."

입가에 짜장 소스를 수묵화처럼 묻힌 녀석이 고개를 들고 말을 걸었다.

"왜?"
"너무 재밌어요. 맨날 오늘 같으면 좋겠어요."

맞아맞아! 수학도 없고 사회도 없어!

ㅇㅇ아, 그럼 수학도 가르치고 사회도 가르치는 선생님은 뭐가 되니… 그래도 벌겋게 달아오른 볼로 행복하게 웃는 얼굴들을 보니 운동회도 그렇게 나쁜 것만은 아니라는 생각이 들었다. 그리고 다음 체육 시간엔 훌라후프 수업을 해야겠다는 다짐도 함께.

# 애플데이

학교 행사 중에 애플데이라는 게 있다. 10월 24일인데, 기원은 영국에서 사과축제를 하던 날로 알려져 있지만, 학교에서는 둘(2)이서 사(4)과하라고 생긴 날로 인성교육의 일환이다. 학교마다 전체적인 진행 틀은 비슷할텐데, 사과하고 싶거나 고마운 친구에게 엽서를 써 상담실로 제출하면 상담실에서 엽서를 받는 친구에게 배달해주는 형식이다.

어떻게 하는지 방법을 설명해주고 교실 앞에 비치해놓는다. 매체에서 전하는 '요즘' 초등학생들은 왠지 모르게 이런 유치한 걸 왜 하냐며 콧방귀를 뀌고 무시할 것 같지만, 아니다. 설명을 듣자마자 눈동자가 흔들리고, 자신의 옆에 있는 친구들을 쓱 훑는다. 그리고서는 1교시가 마치기 무섭게 교실 앞에 놓여진 카드를 가져간다.

애플데이 활동을 할 때 꼭 나오는 질문이 있는데, 두 가지다. '하나 더 써도 돼요?' '꼭 친구한테 써야 돼요?' 응-아니로 연결되는 내 대답을 듣고서는 만족한 얼굴로 쉬는 시간에 친구도 옆에 못 오게 하면서 글자를 꾹꾹 눌러쓴다.

활동기간이 끝난 뒤 반마다 한웅큼씩 애플데이 카드가 온다. 받는 사람을 부르며 카드를 전달하는데, 내가 나눠줄 때의 단순한 카드가 아니다. 자신이 아끼는 스티커를 하트 형태로 붙여놓기도 하고, 색연필로 배경을 꽉 채워 전달하기도 하고, 마스킹테이프로 카드의 위아래를 감싸놓기도 한다. 아이들답게 원색의 알록달록함으로 카드를 꾸며놓은 모습을 보고 있노라면 예쁜 마음이 그대로 전달되는 느낌이라 주면서 나 역시 마음이 따뜻해진다.

자신이 줄 수 있는 가장 좋은 것, 아끼는 스티커, 제일 좋아하는 색깔 또는 좋아하는 형태의 색지 등을 마음을 표현하기 위해 망설임 없이 쓰는 모습은 둘이서 사과해를 넘어선 사랑의 표현이라고 해도 부족함이 없는 것이다.

한 번은 심하게 싸운 친구 둘이 있었다. 학원 가기 전 잠깐 놀이터에서 그네 타고 놀다가 말다툼을 하게 됐는데, 감정싸움까지 번진 모양이었다. 한 친구가 일기장에 속상한 마음을 터놓아 내가 알게 되었고, 방과 후 몇 번의 상담을 했지만 진전이 없던 와중이었다. 항상 등하교도 같이 할 정도로 사이 좋은 녀석들이 인상을 찌푸리고 서로 손만 내려다보고 있었다. 사실 고학년의 친구관계는 교사가 섣불리 개입하면 더 어그러지는 경우가 많다. 충분히 시간을 주고 자신의 감정을 자신이 짚어볼 수 있게 하는 시간이 필요하다. 그때도 사과할 준비가 되지 않아 일이 있었던 사실관계만 확인하고 다음 상담날짜만 기다리는 중 애플데이가 있었다.

수업이 다 끝나고 청소까지 한 교실에 아이들이 썰물처럼 빠져나가는데, 싸운 녀석 중 한 녀석이 슬그머니 칠판 앞으로 나왔다. 내 눈치를 보더니 선생님이 바쁜 것처럼 보이자 (이럴 때는 안 보이는 척 하는 게 제일이다. 어차피 내가 편지를 전달 하겠지만 지금 당장 안 들키는 게 아이에게는 가장 중요하기 때문에) 엽서 한 장을 낚아채고는 교실 밖으로 나가는 것이다.

그리고는 뭐, 여러분이 예상하셨던 것과 같다. 받은 편지를 나눠 줄 때보니 싸웠던 친구에게 쓴 것이었다. 본인과 친구의 그림을 그려 예쁘게 칠해놨었다. 다음날 다시 등교도 같이 하길래 슬그머니 '둘이 같이 오네~ 화해했어?' 물었더니 둘 다 친구 아니랄까봐 고개를 끄덕이며 씩 웃는 것이다.

학교에서 그렇게 해결될 거였으면 학교폭력은 일어나지 않겠다며, 겉치레뿐인 이런 행사 왜 하냐고 말하는 사람도 있다. 그러나 아이들은 우리 생각보다 순수하고, 자기 감정을 표현할 줄 아는 용기가 있다. 어쩌면 관계에서 생긴 상처가 낫기 위해서는 시간이 약인게 아니라 엽서 한 장 두께만큼의 용기가 약인지도 모르겠다. 용기 없는 인간인 나는 사소한 것으로 싸우고 토라지지만 자신의 감정이 가라앉고 나면 친구의 감정을 보듬어주고 표현할 줄 아는 아이들의 모습으로 오늘도 배운다.

## 요즘 애들

라떼는 말이야. 나 때는을 라떼로 발음한 언어유희로 요즘 흔히 사용되는 표현이다. 요즘 세대인 MZ세대가 싫어하는 짓 중 하나인 꼰대 짓을 말할 때 사용되기도 한다. 이 글을 쓰는 나 역시 MZ세대에 속한다. 사실 이렇게 세대로 나누는 것이 무슨 의미가 있는지는 잘 모르겠으나, 집단을 나누고 분석하는 게 인간의 본능인 것 같기도 하다. m세대는 1980년부터 1994년, z세대는 1995년부터 2009년이다. 그럼 2010년부터 태어난 아이들은 무슨 세대일까? 그 다음 세대가 있다고? 경악하면서 얼굴을 찌푸리셨을지도 모르겠다.

놀랍게도 있다. 알파세대란다. 스마트폰의 대중화와 유비쿼터스 사회(통신이 가능한컴퓨터가 어디든지 존재하는 사회)가 특징이며 키워드는 에잇 포켓(8-pocket)과 골드키즈. 에잇 포켓은 부모, 조부모, 이모, 삼촌 등 8명의 친척이 아이를 위해 지갑을 여는 현상이고 골드키즈는 왕자나 공주처럼 귀하게 키우는 외동아이를 뜻한다고 한다. 이런 화려한 신조어는 잘 모르겠고 어쨌든 내가 학교에서 만나는 아이들이 속한 세대다.

우리가 친구를 만나 이야기할 때 입버릇처럼 이야기하는 '요즘 애들은 버릇이 없어 버릇이-' 라는 표현을 타고 올라가보면 이집트 피라미드 내벽에도 비슷한 이야기가 적혀 있다고 하니, 자신보다 뒷세대를 바라보는 사람들의 공통점인가보다. 그렇다면 우리의 알파세대는 어떨까? 정말 미디어에 나오는 것처럼 촉법소년법을 믿고 거리낌없이 행동하고, 개인주의에 사회성이 떨어질까?

-

쉬는 시간의 일이다. 자신을 툭 치고 간 것에 격분한 남자아이 A가 다른 친구 B에게 달려든 것이었다. 손가락을 꽉 쥐고 뒤로 비트는데 의자 나뒹구르는 소리에 놀란 내가 달려가 손을 잡았지만 고학년 남자아이라 나보다 덩치가 컸고, 힘도 좋아 역부족이었다.

"ㅇㅇ아 ! 놔!!"

흥분 상태에서 그 말이 들릴 리 없다. 다급하게 A를 잡아당기며 근처의 아이에게 남자선생님을 불러오라 하려고 하는데, 우리반 남자아이들이 망설임 없이 그 친구를 잡았다.

"야!! 말로 해!!!"

여러 명이 한번에 말리자 놀랐던지 씩씩거리던 녀석도 손에 힘을 풀었고, 그 틈을 놓치지 않고 내가 꽉 쥐고 있던 손아귀에 잡힌 B의 손가락을 잽싸게 빼냈다. 그제서야 아픔과 놀람이 밀려오는지 B는 자리에 앉아 울먹거렸다. 다른 친구들이 B를 둘러싸고 위로해주는 동안, A는 그 모습을 보며 씩씩거렸다. 나의 놀람도 분노로 바뀔 무렵, 가장 먼저 A에게 달려가 말린 남자친구가 A를 툭툭 치며 말했다.

"네가 치면 재가 놀라잖아. 화나도 말로 해야지."

A는 그 때 모르고 보면 중고등학생으로 착각할 정도로 우리 반에서 제일 덩치가 컸고, 평소에도 언행이 거친 편이었다. 그런데 그런 A에게 잘못된 행동이라고 망설임 없이 말하는 모습은 지하철에서 이상한 사람이 다른 사람을 괴롭힐 때, 그만하라고 할 용기가 없어 고개를 푹 수그리고 마는 비겁한 어른으로서의 나를 반성하게 했다.

-

PAPS 라는 것이 있다. 학생들의 건강체력을 관리하려고 고안된 프로그램인데, 유연성, 윗몸일으키기, 오래 달리기 등으로 구성된다. 기록에 맞춰 등급을 나눠놓아 4,5등급의 경우 기초체력보충 수업을 들을 수 있게 해놓는다. 매년 진행하는데, 아이들이 제일 힘들어 하는 것은 셔틀런(왕복오래달리기)와 오래달리기이다. 아무리

체력이 좋은 어린이일지라도 평소에 하지 않던 일이니 헥헥거리고 심장을 부여잡게 된다. 그 오래 달리기를 위해 연습으로 한 번 뛴 적이 있었다.

"아⋯. 오래 달리기 안 하면 안 돼요?"

벌써부터 체력이 약한 아이들은 걱정 가득한 얼굴로 투덜거린다. 어쩌겠니. 너희가 살아가는데 꼭 필요한 걸⋯.

"이번 한 번 딱 하고 그만하자. 기록 안 좋으면 또 뛰어야 해."

살살 달래는 말에 운동화 끈을 딱 묶고는 신호를 기다린다. 삐- 소리와 함께 출발선에서 달음박질친다.

시간이 흐른 뒤 아이들이 헉헉 거리면서 구령대에 드러눕는다.

"아 진짜 힘들어!!"
"샘 저 몇 초에요?"

코로나로 한 번도 안 뛰어본 것 치고는 다들 잘해줬다. 문제는 한 아이. 움직이는 걸 좋아하지도 않고 더군다나 지구력 없이 그렇게 오래 뛰어본 경험이 없는지라 남들이 다 들어오고도 남았는데도

두 바퀴 반이 남았다. 처음에는 티가 안 났는데 점점 사람이 없어지니 위축된 표정이다.

"야 ○○이랑 같이 뛰어야겠다."

그 때 우리반에서 체력이 제일 좋은 예원이가 누워있다 벌떡 일어났다. 근처에 같이 쓰러져 있던 예원이 친구들도 나도나도 하며일어나 마지막 아이에게 달려간다.

"마지막 가즈아아!!"

혼자 뛰는 아이에게 달려가 예원이가 등을 떠민다. 옆에서 친구들도 거든다.

"별로 안 남았어!! 이번 바퀴만 뛰자!!"

나머지 누워있던 아이들도 슬그머니 같이 도는 아이들을 본다. 그리고 마지막 한 바퀴를 돌자 달려가 안아준다.

"이야아!! 잘했다!! 끝났다!!"

청소년 성장만화에나 나올 법한 장면을 내 눈 앞에서, 그것도 우리 반 아이들이 하는 걸 보니 마음이 찡해온다. 역시나 문학 작품은 현실을 기반으로 하는가 보다.

-

작은 학교가 아닐 경우, 학교에서는 한 반에 보통 24명~28명의 학생들이 배정된다. 그리고 이들의 성장속도는 각자 모두 달라 또래보다 성숙한 아이도 있고, 또래보다 발달이 느린 아이도 있다. 성숙한 아이야 사회성도 그만큼 발달되어 있어 단체 활동을 하는데 무리가 없다. 문제는 발달이 느린 아이다. 발달 단계에 대한 것은 에릭슨의 이론을 빌려와 이야기를 해보고자 한다.

이 책은 교육심리학 책이 아니므로 간단하게만 언급하고 넘어가자면 에릭슨은 사람이 8단계의 발달 단계로 진화된다고 보았으며 각 단계마다 마주치는 갈등을 어떻게 해결하느냐에 따라 성숙해진 다고 주장했다. 이 심리사회성 발달 단계에 따르면 초등학생은 4단계 학령기부터 5단계 청년기에 걸쳐 있다. 4단계 학령기는 근면성과 열등감의 갈등이 이뤄지며 학교에 입학해서 사회 규칙을 익히고 경쟁, 협동하는 방법을 배우는 것이 궁극적 목표다. 5단계 청소년기는 주체성과 역할혼돈으로 이뤄진다. 이 때 주요갈등을 잘 해결하지 못하면 미성숙한 인성을 갖게 된다고 하였다.

초등학교 큰 형님들인 고학년은 대부분 학급 규칙과 친구 사이의 약속에 익숙해져 5단계로 넘어와 있지만, 아직 4단계에 남아 있는 아이들도 있다. 이 아이들은 모둠 활동을 할 때 '협동하여 최선의 결과 내기'보다는 자신에게 주어진 단편적인 과제에 집중한다. 사실 당연한 이야기인데, 근면성과 열등감이 대치하고 있는 상황이기 때문에 눈 앞에 있는 과제를 해내는 것이 열등감을 이길 수 있는 방법이기 때문이다. 5단계의 아이들은 이것이 답답하게 느껴진다. 그래서 짜증을 내게 되고, 4단계 아이들은 이에 위축되어 모둠 활동에 참여하지 않으려 하는 악순환이 펼쳐진다. 교사는 이를 방지하기 위해 적절한 수준의 활동 과제를 제시하고 도와주어야 하는데, 몸이 하나다 보니 5~6개의 모둠을 동시에 봐주기는 힘들다.

그런데 각 모둠마다 꼭 이런 4단계 친구에게 먼저 기회를 주는 아이들이 있다.

"우리 ㅇㅇ이 먼저 하게 하자."
"ㅇㅇ아 너 뭐 할래? 먼저 골라."

하고는 성격 급한 친구가 느린 아이에게 뭐라 할라 치면,

"야 ㅇㅇ이한테 그러지마!! 처음 하는 건데 그럴 수도 있지!"

라고 챙겨준다. 몇몇 사람들은 약자를 소외시키지 않던 한국의 깍두기 문화가 없어졌다고 아쉬워 하지만 늘 아이들을 마주하는 현장에 있는 내가 볼 때는 아니다. 모둠 활동이라는 옷을 입고, 깍두기 문화는 차곡차곡 계승되고 있다.

잘못된 일을 잘못됐다고 말할 줄 알고, 뒤쳐진 친구가 민망하지 않게 다시 뛰어줄 줄 알고, 자신보다 느린 친구를 기다려 줄 줄 아는 아이들이 바로 알파세대, 요즘 애들이다.

# 눈꽃엔딩

학기말 수업은 언제나 힘들다. 교사에게도, 학생에게도. 1년 동안 중요한 내용은 거의 다 배웠고, 방학식까지 남은 날은 복습이 대부분인데다가 연말이라는 그 묘한 들뜸이 지금까지 반복해온 일상과의 권태를 불러 일으키는 것이다. 게다가 교실 공기를 데우기 위해 켜놓은 히터는 졸음이 찾아오게 하는 수신호와 다름 없었다. 그 날도 그렇게 매력 없는 하루가 흘러가고 있는 날이었다.

"어!! 눈이다!!"

역시나 마음은 콩밭, 아니 잔디밭에 가있던 건지 커다란 외침에 모두의 고개가 창문으로 향했다. 정말로 하얀 눈송이가 흩날리고 있었다. 우와아~ 하는 탄성과 함께 1분단에 앉아 있는 아이들은 엉덩이를 들고, 다른 분단에 있는 아이들은 그들이 부러워 한껏 목을 빼고 기웃거렸다. 아마 수업 시간만 아니면 모두 창문 봉을 잡고 매달렸을 것이다.

요것들… 그래, 눈은 지금 이 순간에만 있지만 수업은 다녀와서도 할 수 있지.

나도 졸음과 싸우면서 수업을 듣는 아이들이 불쌍했던 차라 입을 연다.

"너네, 이거 다 배운건데 20분만에 할 수 있겠지."

처음엔 저 여자가 뭘 또 시키려고 저러나- 갸웃 거리던 아이들이 의심의 눈초리를 보낸다.

"할 수 있어요, 없어요?"

두 번째 물으면 눈치가 빠른 아이들이 '헐!! 샘 나가게요?!!!' 라고 소리치고 그제서야 모두의 눈에 생기가 돈다.

"있어요!! 있어요!!"
"에이, 대답이 늦네. 그냥 해야겠다."

모르는 척 한 번 튕겨주면,

"아 진짜 할 수 있어요 샘."

전 5분만에 할 수도 있어요! 라고 신빙성이 없는 약속까지 내뱉는 다. 그렇다면야 뭐….

"그럼 잠바 단단히 입고, 장갑 목도리 꼭 챙깁시다."

"와아아아!!"


잽싸게 자리에서 일어나 부스럭 거리며 옷을 챙겨입고는 나를 본다. 성인들이 방한 용품을 입은 것과, 초등학생들이 방한 용품을 입은 것은 느낌이 사뭇 다르다. 아무리 덩치가 큰 녀석들이라도 빨갛게 달아오른 얼굴이 시골의 강아지들을 보는 느낌이다. 게다가 알록달록한 장갑과, 금방이라도 흘러내릴 듯한 목도리를 두르면 멋부린 강아지들이 된다.


운동장에 나가보니 역시나 몇 반이 나와 있다. 다른 학년과 부딪치지 않도록 신신당부를 한 뒤, 자유시간을 주었다. 눈이 쌓일 정도로 추운 날씨는 아니라 손과 입으로 눈송이를 잡는 것이 할 수 있는 전부였지만, 꺄르륵 거리는 소리가 끊이질 않는다.


"샘! 이거 봐요! 눈송이!!"


그리고 나에게 눈송이를 보여준다고 손바닥에 올려놓고 달려오는 녀석을 필두로, 뛰다 지친 아이들이 차례로 모여든다.


"샘 이거 첫눈이에요?"

"아니야 강원도에 예전에 내렸어."

잽싸게 자신이 알고 있는 정보를 말하는 아이의 말을 듣고, 첫눈이냐는 질문을 한 아이의 입술이 씰룩거린다.

　"근데 난 지금 처음 봤는데? 그럼 첫눈이지 뭐."
　"아니지! 첫눈은 처음 내린 눈이지!"
　"어? 싸우면 들어가야겠다."

　내 말에 똑부러지는 아이가 상황을 정리한다.

　"그냥 눈이야 눈."
　"뭐? 눈이 내린다고? 사람 눈이? 으악!!"

　…어휴. 유치해라. 싶다가도 끊임없이 내리는 하얀 눈 속에서 웃고 있는 아이들의 모습을 보니 첫눈이든 아니든 그게 무슨 상관이냐 싶다.

　"샘 이제 들어가요!"

　마지막까지 술래잡기를 하던 아이들이 손이 빨갛게 변하여 오자 서로의 체온으로 공기가 훈훈해진다.

　"그래. 들어가서 공부하자."

아– 터져나오는 아유를 듣고 기분 좋게 웃으며 운동장을 나선다. 어쩌면 학기말의 일상적인 지루함은 이러한 특별함을 위해 존재하는 필수적인 요소일지도 모르겠다.

# 애정이 담긴...

"어머 고양이구나! 잘 만들었네."

"치킨이에요."

…미안하구나. 아무렇지 않은 척하면서 몸을 돌렸다. 미술 시간 아이클레이를 이용해 인형을 만들고, 클레이가 조금 남아 창의력 경진대회를 연 것이 잘못이었나보다. 그냥 가만히 있을걸.

찰흙을 활용한 인형 만들기 단원을 들어가 아이클레이를 나눠주었다. 생소한 촉감에 아이들이 소란스러워졌다.

"우와 손에 안 달라붙어요."

"으 느낌 이상해."

라떼에는 아이클레이와 글라스데코가 필수였는데, 요즘은 그것도 아닌가보다. 어떤 색을 섞어야 어떤 색이 나오는지 수많은 질문이 나와 결국 색상환에 대한 설명을 한참 했다. 자, 너희가 빨간색이랑 하얀색을 섞으면 어떤 색이 나올까?

"주황색이요."

그렇지. 그렇게 하면 된단다. 물론 5분도 안 지나서 한 녀석이 나와서,

"선생님 저 주황색이 없어요."

라고 다른 친구의 아이클레이를 보며 말했지만 말이다.

"난 아무에게도 주황색을 안 줬어요. 직접 만드는 거에요."
"어떻게 만들어요?"

이쯤되면 그냥 색상환표를 가리킨다. 눈을 멀끄러미 뜨고 있던 아이가 잠깐 동안 색상환표를 보더니 아– 하고서는 들어간다. 이것이 바로 직접 경험하면서 배우는 체험교육 아니겠는가!

어쨌든 일련의 상황을 겪고 나자 아이들도 색에 대한 감각이 생겨, 나에게 묻지 않아도 바로바로 색을 만들어낼 수 있는 경지에 이르렀다. 작품이 어느 정도 제출되자 남은 클레이로 조물락조물락 즐거운 시간을 가지게 하고 나는 아이들의 인형 작품을 전시했다.

작품은 각자의 주인을 닮아 있다. 성격이 시원시원한 아이는 아이클레이 인형의 머리카락도 호쾌하게 몇 가닥 붙이지 않았고, 평소 아기자기하고 섬세한 아이는 어쩜 그렇게 색깔을 예쁘게 섞어 파스

텔톤의 옷을 만들었는지. 그리고 보라색을 좋아하는 아이는 얼굴 빼고 온통 보라색이다. 당분간은 이 우리 반의 분신인 리틀 아가들을 교실 뒷편에 둘 요량으로 모두의 얼굴이 잘 보이게 배치했다.

전시를 다 하고 아이들이 만드는 것을 돌아보며 말을 붙이다 저 치킨고양이를 만나게 된 것이다. 그 소리를 들은 주변 아이들이 슬쩍 책상을 건너보고는 킥킥거렸다. 다양한 각도로 볼 수 있는 작품이 좋은거란다. 라고 내가 생각해도 허술한 말을 급하게 덧붙이고는 뒤돌았다.

"선생님."

우리반 귀염둥이가 내 뒤에 서 있었다. 손에는 장미꽃 클레이를 든 채다. 전형적인 장미 모양. 빨간색 꽃잎에 초록색 잎사귀.

"아이고, 잘 만들었네."
"선생님 꺼에요."
"정말? 나 주는거야?"

했더니 고개를 끄덕인다. 엄청 예쁘다!! 선생님 꽃 받은거네!! 컴퓨터 앞에 두자 갑자기 아이들의 손놀림이 분주해진다. 장미꽃을 필두로, 곰돌이 인형, 핫도그, 초밥, 하트 등의 작품이 나에게 쏟아지기 시작한다. 핫도그와 초밥을 보니 마실 게 없다며 음료수를 만들어 주는 등 음식의 조합까지 맞춰준다.

"우와… 선생님은 좋겠다. 이런 것도 받고."

회장이 작품들을 보며 진심으로 부러워 하는 말에 웃음이 터졌다. 그럼 네가 선생님 할래? 했더니 고개를 살래살래 흔든다.

"저는 수학 싫어해서 안 돼요."

마지막에는 우리반 축돌이가 무언가 동그란 것을 가져다 준다. 여러 가지 색깔을 섞어 탁한 잿빛에, 중간중간 초록빛이 돈다. 손바닥으로 가득 감싸 쥐어야 할 정도로 큰 크기다.

"이건 뭐야?"
"지구 축구공이에요."

뿌듯한 얼굴로 말한다. 내 컴퓨터 앞에 아이들 각자의 개성이 담긴 무언가가 있다. 장미꽃, 인형, 금, 음식, 축구공…. 마음을 표현하기 위해 수십번 수백번 만져 자신의 애정을 담는 과정. 애정은 그래서 말랑말랑한가 보다.

# 수다날

여러분은 어느 급식 세대인가? 종이 급식표? 아니면 카카오톡 김급식? 또는 급식 어플? 세대를 막론하고, 급식은 우리가 학교에 오는 큰 이유였다는 사실에 동의하실 것이다. 나는 종이 급식표 세대였는데, 매달 선생님께서 나눠주시는 급식표를 받자마자 맛있는 반찬에 형광펜을 칠하고 별표를 그리곤 했다. 그리고 이렇게 소중한 급식표를 책상에 붙여두거나, 더 전문성이 있는 친구들은 가로로 네 번, 세로로 다섯번 적어 작은 수첩 모양을 만들어 두곤 했다. (이렇게 접으면 딱 하루 치의 급식을 볼 수 있는 크기가 되어 필통에 쏙 들어간다.) 4교시 수업 후 시간이 남으면 이 친구들이 큰 소리로 오늘의 급식 메뉴를 불러주는 것이 일과였다.

그리고 이러한 급식표 DNA는 역사도 유구하게 내려와, 지금 아이들도 똑같다. 학교에 오자마자 가방을 내려놓고 앞 게시판으로 간다.

"아 오늘 맛없어."
"아 학교 올 맛 안 나네~."

하고 친구랑 중얼거리며 들어가기도 하고, 마음에 드는 급식이

나오면,

"대박 오늘 요구르트 나온다."
"헐 안 먹을 사람 나 주라 제발."

하고 흥분에 가득차 들어가기도 한다. 또 자신이 좋아하는 메뉴가 나올 때면 나에게,

"샘 오늘 소시지 볶음 나와요."

하고 자랑하고 들어가기도 한다. 이렇게 수업을 듣다가, 3교시 쉬는 시간부터 고통을 호소한다.

"샘 너무 배고파요."
"아 빨리 밥 먹고 싶다."

그리고 아이들이 가장 좋아하는 날은 수요일인데, 수다날이 있어서 그렇다. 수다날은 수요일은 다 먹는 날의 줄임말이다. 급식 세대는 아실텐데, 잔반을 줄이기 위해 수요일에 맛있는 급식이 나오는 것은 영양사 선생님과 우리의 무언의 약속이다.

"샘 크로칸슈가 뭐에요?"

어김없이 식단표를 보고 나에게 물어온다. 구글에 검색해 보여주니 여기저기서 탄성이 터진다. 맛있겠다. 나 저거 먹어봤어!! 아 내 스타일은 아닌데?

급식을 받고 기대에 차 슈를 한 입 베어문 아이들의 표정은 다양하다. 손을 파닥거리며 진짜 맛있다! 라고 외치기도 하고 고개를 갸웃거리며 그대로 잔반통으로 직행시키기도 한다. 실컷 잘 먹어놓고는 크림은 적고 크기가 작다며 투덜거리는 아이도 있다. 가지각색의 귀여운 입맛들이다.

-

우리 학교는 교실급식을 하는데, 아이들이 번갈아가며 급식당번을 한다. 배식을 마친 마지막 급식 당번이 마지막 반찬을 받자마자 다른 아이들이 입맛을 다시며 쪼르르 줄을 선다. 그 날은 잔치국수가 나온 수다날이었다. 덩달아 나도 교사 책상에 앉아있다가 급하게 일어선다. 오병이어의 기적을 일으키기 위해서다.

"다 국수 줄이야? 소면 더 먹을 사람."

다들 번쩍 손을 든다. 손 든 사람은 6명인데, 소면은 3개밖에 없는 상황. 집게를 들고 소면을 반으로 쪼갠다. 나눠주기 전에 다시

한 번 반 전체에게 묻는다.

"소면 먹을 사람 앞에 친구들 말고 없지, 먹을거면 지금 나와."

2명이 더 나온다. 6개가 된 소면을 다시 8등분한다. 먹을 것으로 서운하게 하는 거 아니랬다. 분수를 마스터한 어른답게 메인인 소면을 최대한 공정하게 나눠준다. 소면 더 먹을 거냐고 묻는 말에 가만히 있던 아이가 말한다.

"샘 저 김치만 더 먹어도 돼요?"
"네~ 친구들도 먹을 거니까 적당히 가져가기."

그리고 소면에 올라가는 고명은 자율배식에 맡기는데… 갑자기 아이들 사이에서 원성이 터진다.

"아 진짜!! 양심 양심!!"
"왜 그래요?"
"샘 효준이가 김 별로 안 남았는데 다 가져갔어요~ 저도 김 먹고 싶었는데!"

김치, 호박, 달걀은 양이 충분했는데 김은 부족했나보다. 이름이 양심이 된 문제의 김 친구는 나를 보고 헤헤 웃는다.

"뒤에 사람 있잖아~ 다 먹으면 어떡해. 배려하면서 가져가야죠."

"몰랐어요…. 예서야 미안. 내가 더 받아올게."

"아 됐어. 너 다음엔 양심 지켜라."

또 성격들은 쿨해서 한 마디만 남기고 새치름하게 들어간다.

－

다른 수다날에는 뿌링클 치킨이 나왔다. 뿌링클 치킨이 나오는 전 주부터 아이들은 외치고 다녔다. 다음주에 뿌링클 나온다!! 그리고 그 주 수요일, 교실 문을 통과하면서 두 손을 번쩍 들고 오늘 뿌링클!! 외치며 들어온다.

4교시가 끝나자 아이들이 급식당번들을 달달 볶는다. 빨리 급식차 가지고 와!! 급식차가 도착하고 급식당번들이 셋팅을 시작하자 다른 아이들이 책상에서 목을 빼고 지켜본다.

"우와! 진짜 뿌링클이야!"

"아 빨리 먹고 싶다. 급당아 나 많이 주라!!"

"배식은 정량배식이에요~."

나도 급식에 뿌링클은 처음 봐서 슬쩍 보니 마법의 노란 가루가

뿌려져 있었다. 배식 때 바닥까지 싹싹 긁어가고 , 행복한 식사를
마친 대부분의 아이들이 잔반을 버리고 나서 급당들이 하는 일 없
이 앞쪽에서 미적대며 늦게 먹는 몇 명의 아이들을 기다릴 때였다.

"샘 저 뿌링클 가루 먹어도 돼요?"

아이들이 새 숟가락을 들고는 애처롭게 나를 본다.

"저 가루만? 짤텐데…."
"제발요. 가루 진짜 맛있어요."
"그럼 한 번씩만 먹어요."

아씨! 입 안 가득 가루를 털어넣은 아이들의 입꼬리가 올라간다.
기분이 좋은지 머리를 흔들흔들거리며 자기들끼리 씩 웃는다. 가
루 한 숟갈로 행복해질 수 있는 수다날이라니, 제법 멋지다.

–

어느 수다날에는 베스킨라빈스 아이스크림이 나왔다. 한 아이가
감기에 걸려 그 날 나오지 못했었다. 아이가 아프다고 전화주신 학
부모님이 곤란한듯 말했다.

"제가 아프다고 학교 빠지라니까⋯. 오늘 베스킨라빈스 나온다고 대성통곡을⋯."

−

아이고야⋯. 수다날은 수요일은 다 먹는 날이 아니라 수요일은 다 나오는 날로 바꿔야 할 듯 하다.

# 2부

# 돌멩이와 비

햇빛을 많이 받아 뜨거워진 돌멩이가 이제는 비를 맞을 차례다. 보슬보슬 내리는 안개비를 맞은 때도 있었고, 홍수가 날 것처럼 엄청나게 내리붓는 비를 맞은 때도 있었다.

여러 번의 비를 맞은 끝에 반년만에 교실을 가득 채우는 사자후를 내지를 수 있게 되었고, 1년 뒤에는 복도의 저 끝부터 끝까지 가득 누구보다 빠르게 소리를 전달할 수 있게 되었다.( '누가 뛰어 얼!!') . 본인 분에 못 이겨 내 앞에서 신발주머니를 내리친 아이 앞에서는 '네가 주우렴' 이라고 말할 수 있게 되었다. 수업 시간 40분을 못 채울까 잠도 못 자고 끙끙댔으나, 잔소리로 2시간은 너끈히 채울 수 있게 되었다. 사실 6교시를 채우라 그러면 채울 수 있을 것 같다.

이 글을 쓰는 오늘도 1시간 동안 인성교육과 잔소리를 엮은 수업을 했다. 햇빛만 계속 받으면 작은 자극에도 쉽게 부셔졌을 텐데, 비를 맞으면서 나는 조금 더 맨들맨들한 돌멩이가 된 것 같다.

아, 그리고 시작 전 드리는 말씀. 혹시라도 생길 수 있는 불필요한 오해를 방지하기 위해 여러 사례를 섞고 장소나 대사에 대한 편집이 있었음을 밝힌다. 떠오르는 인물이나 장소가 있다면 이는 우연에 의한 것이다.

# 사람을 화나게 하는 방법에는 두 가지가 있는데 하나는 말을 하다 마는 것이고

…….

어떤가. 다음 말이 궁금해서 화가 나지 않으셨는지? (죄송합니다.)

그럼 나머지 방법은 무엇일까. 특별히 공개한다. 바로 나머지 하나는….

…….

어떤가. 다음 말이 궁금해서 화가 나지 않으셨는지? (죄송합니다.)

그럼 나머지 방법은 무엇일까. 특별히 공개한다. 바로 나머지 하나는….

…….

어떤가. 다음 말이 궁금해서 화가 나지 않으셨는지? (죄송합니다.)

그럼 나머지 방법은 무엇일까. 특별히 공개한다. 바로 나머지 하나는….

편집 오류가 아니다. 똑같은 문장을 딱 세 번 반복했는데도 관자놀이가 지끈거려 오셨을 거다. 짜증을 유발한 두 번째 방법은 바로 똑같은 말을 반복해서 하는 것이다. 그런데 교사는 똑같은 말을 딱 학생 수만큼 반복하게 될 때가 많다.

그러니 〈수학익힘책 70쪽 푸세요〉 라고 말하면 안 된다. 써야 한다. 칠판이든, 컴퓨터 화면이든 써야 목을 아낄 수 있다. 수학책을 다 같이 채점하고 수학익힘책을 동시에 펴도, 몇 쪽인지 못 듣는 아이들이 꼭 있다. 이유를 찾으려 하면 안 된다. 그냥 받아들여야 한다. 70쪽 피세요~ 라고 말하자마자 손을 번쩍 들고,

"샘 몇 쪽이에요?"

라고 묻는 것에 처음엔 화가 났으나, 그냥 그러려니 한다. 각자의 속도가 다른 것 뿐이다. 대답 없이 화면을 가리키면 '아~'와 함께 수학익힘책을 편다. 그리고 한 녀석이 피자마자 다른 쪽에서 역시,

"샘 몇 쪽이에요?"

라고 토씨 하나 안 틀리고 물어본다. 이쯤되면 같은 말을 세 번씩 들은 친구들이 이골이 나,

"70쪽이라고!!"

합창을 해주어 내가 칠판을 가리킬 힘을 아껴준다. 처음 발령받았을 때는 이것이 적응이 안 되어 당황스럽고, 스무 번 넘게 똑같은 말을 해서 아이들이 가고 나면 녹초가 되어 쓰러졌었다. 이젠 이것이 자연스러운 것임을 알기에 되려 묻지 않으면 내가 아이들에게 가서 물어본다.

"알겠어? 몇 쪽이야?"

역시나 헤매고 있기에, 다시 한 번 말없이 칠판을 가리킨다. 어쩌면 이러한 과정이 수행이 되어 나중에 내 유골에서는 사리가 나올지도…? 그렇다면 내 호는 몇쪽으로 해야겠다. 몇쪽 돌멩이 선생.

# 득음

난 내가 소리를 못 지르는 줄 알고 살았다. 화가 났을 때는 비꼬는 스타일이기도 하거니와 화가 많이 났을 때에도 큰 소리가 나오지도, 지르고 싶지도 않았다. 그런데 이런 나에 대한 편견을 깨부숴주는 사건이 생긴다.

생활 지도를 하다보면 유독 활동량이 크고 말이 잘 닿지 않는 친구가 있다. 사람마다 성향이 다른 거라 그러려니 존중하며 넘어갈 수 있어도, 그게 자꾸 자신과 남을 향한 위협으로 변하여 시선을 계속 두어야 하는 아이가 있는데 나에 대한 깨달음을 준 아이도 이런 경우였다. 이 아이를 철봉이라고 하겠다. 왜 철봉이냐면, 앞으로 나올 사건과 철봉이 관련 있다. 철봉이는 뾰족하게 깎은 연필을 자신의 눈 앞에 들이대거나, 접히는 자를 가지고 쉬는 시간 정신 없이 놀고 있는 아이들 뒤로 접근한다던가…. 뭐 이러하여 조금이라도 큰 소리가 나면 미어캣 마냥 컴퓨터 옆으로 내 고개를 쑥 빼게 해준 아이였다.

사건 당일의 쉬는 시간, 다음 시간에 쓸 학습지를 준비하는데 몇 장이 모자라 급하게 연구실에 복사를 걸어놓았다. 갔다 오는데 1분이면 충분한 거리라 빠르게 교실을 나섰다. 학습지를 챙기고 교실 뒷문으로 들어서는데, 내 눈 앞에 펼쳐진 광경에 나도 모르게 소리를 꽥 질렀다.

"너 지금 뭐하는거야!!!!!!!!!!!!!!"

득음할 거라고는 생각도 안 해본 장소, 시간. 소란스러운 교실은 갑작스레 정적이 내려앉았다. 그리고 아이들의 시선이 내 시선을 따라갔다. 우리들의 시선 끝에는 교실 창문 철봉에 매달린 철봉이가 있었다. 우리 교실은 5층이었고, 요즘의 학교는 혹시라도 모를 안전사고를 대비해 창문에 두 줄의 창살을 가로로 설치해놓는다. 그런데 내가 연구실에 갔다온 그 짧은 사이에, 철봉이가 창틀을 밟고 올라가 창살에 매달려 있던 것이었다.

"안 내려와!!!"

소리 지르는 날 흘긋 보더니 철봉이는 여유롭게 책상을 밟고 교실 바닥으로 내려왔다. 사실 진짜 하고 싶은 말은 '너 미쳤어!!'였는데 정말 나에게 남은 한 가닥의 이성이 뇌에서 재빠르게 튀어 내려와 성대와 말 사이를 가로막았다. 기껏 프린트해온 학습지는 사물함에 내팽개쳐두고 나는 철봉이와 창문 사이를 가로막고 섰다.

"창문에 왜 올라가!! 여기 5층인거 알아몰라!!"

"노는 거였는데요."

왜 소리 지르냐는듯 인상을 잔뜩 찌푸린 철봉이의 얼굴에 이번엔 목이 아니라 혈압이 올라 득고(高)할 듯했다. 조금 진정이 되자 혹시라도 일어났을 안전사고에 다시 아찔해졌다. 정말, 혹시라도. 이 것이 철봉이가 도와준 나의 첫 번째 득음 과정이었다.

RPG 게임에서 레벨이 오르면 점차 갈 수 있는 지도가 넓어지는 것처럼, 나의 득음 범위도 점차 넓어졌다. 교실을 벗어나 복도까지 소리를 지를 수 있게 해준 친구는 내화다. 실내화. 수업이 끝마치는 시간이 반마다 조금씩 차이가 있다보니, 교실 밖에서 끝나지 않은 다른 반 친구를 기다리는 경우가 왕왕 있었다. 그런데 아이들끼리 모여 있다 보니 대화는 필수요 소란은 옵션이었다. 사실 노는 건 아이들 본능인데 수업 시간도 아니고 그냥 냅두자-라고 교실 안에서 듣고 있자면 별 대화가 다 들리는 것이었다.

'우리 오늘 떡볶이 먹자'
'안 돼 나 바로 학원 가야돼…'

같은 귀여운 대화부터,

'한 번만 해보자'

'아 하지말라고!! 진짜 왜 이러는데!'

라고 성을 내는 대화까지. 그런데 그 즈음에 남자 아이들 사이에서 유행하던 놀이가 있었으니, 바로 신발 놀이다. 이것이 무엇인고 하면, 상대방이 신고 있는 신발을 벗겨 도망가는 것이다. 학교에서 하면 선생님들께 혼날 것이 뻔하니 하교 시간부터 시작되는 것 같았다. 몇 번의 익명 제보도 들어오고 해서 파리지옥 마냥 기다리고 있는 중이었다. 잡히기만 해봐라…. 그런데 그 날이었다. 열어놓은 교실 문 사이로 한 명이 쏜살같이 지나가더니, 그 뒤로 다른 아이의 외침이 들렸다. 아!! 돌려주라고!! 감이 온 나는 의자를 박차고 후다닥 뛰어나갔다.

"거기!!!"

사람이 없어 조용한 복도에 내 우렁찬 외침이 울리고 부딪쳐 되돌아 나왔다. 산에서 야호라고 외쳐도 그렇게 분명한 메아리는 못 들었을 것이다. 선생님 자체보다는 그 소리에 놀란 내화가 멈춰서 돌아보고, 때마침 연구실에서 나오던 선생님과 눈이 마주쳤다. 그래…. 결국엔 너도…. 동질감의 끄덕임을 받으며, 내 득음은 레벨업을 마쳤다.

다음 레벨업은 뭘까, 생각해 보니 비언어의 영역이다. 몸짓, 손짓,

눈빛 등. 하루에도 몇 번씩 나에게 수련 기회를 주는 아이들 덕분에 열심히 수련 중이라 이 영역도 조만간 레벨업할 수 있을 것 같다. (선생님 색칠도 해요? 팔로 동그라미, 선생님 이름 써요? 팔로 동그라미, 선생님 화장실 다녀와도 돼요? 갔다와…. 화장실 손으로 가리키기 선생님 안 하면 안 돼요? 눈빛 발사 등등.)

# 둘 다 잘못했는데 왜 우는거니

나는 혼날 때 눈물이 나오는 유형은 아니다. 어릴 때를 생각해보면 내가 잘못해서 혼날 때는 유구무언, 한참 바닥을 쳐다보고 있고, 잘못하지 않았는데 혼날 때는 억울함에 씩씩거렸던 것 같다.

그런데 아이들은 아닌가보다. 우선 눈물방울을 달고 나에게 달려온다. "선생님!" 그게 눈꼬리에 아슬아슬하게 맺혀 있든지, 볼을 타고 주륵주륵 흐르든지 어쨌든 눈물을 달고 날 찾는다. 내가 교실에 있을 때는 교실 뒷편에서 앞편까지, 전담이 끝나고 내가 연구실에 있을 때는 교실 뒷문부터 복도까지 가로질러 나를 부른다.

세상에 나온지 고작해야 10년이 겨우 넘은 녀석들이 그렇게 서럽게 우니 막 발령받았을 때는 당황스러웠다. 왜 그래! 왜 울어! 그러면 뒤에서 울음에 기여한 아이도 떫은 얼굴로 슬며시 따라오는 것이다. 사실 아이들이 투닥거리는 일의 95퍼센트가 자기들끼리 장난치다가 감정이 상하는 일이라 한 쪽만 잘못한 적은 거의 없다. 하지만 나머지 5퍼센트의 확률로 누군가의 일방적인 가해인 경우도 있어서 꼭 어떻게 된 건지 경위를 정확하게 알아야 한다. 울게 만든 당사자를 불러다 놓고 두 녀석에게 차례로 묻다 보면 울지 않으려고 하던 남은 한 친구도 결국 콧김을 거세게 내뿜다가 울고 만다.

―

체육 전담 시간이었다. 아이들을 체육 선생님께 데려다 주고 못다한 일을 한참 하고 있는 때였다. 닫아 놓은 교실 문이 벌컥 열렸다. 예상치 못한 소음에 앞문을 쳐다보니, 우리 반의 귀염둥이 성진이가 씩씩거리며 서있었다.

"으형…. 선생니임…. 형…."

활동량이 많고 장난을 잘 쳐 혼도 곧잘 나지만 남에게 웃음을 가져다주는 밝은 성격으로 우리 반 친구들의 귀여움을 독차지하고 있는 녀석이 세상 서럽게 울길래 놀라 벌떡 일어났다.

"뭐야! 왜 그래, 왜 울어!"

마스크는 귀 끝에 달랑거리고, 눈물 콧물은 다 빼며 나에게 다가왔다. 얼마나 눈을 벅벅 닦았는지 눈가가 빨갰다.

"으엥…. 혼났어요…."

아이들은 정말 자주 딱 하나의 단어만 말한다. 말하지 않은 간극을 채우는 것은 교사의 몫.

"체육 선생님한테? 왜."

심성이 고운 친구고 누군가를 때린 적은 없어 그렇게 심하게 혼날 일은 없을 것인데 당황스러웠다.

"제가 현진이 …히끅. …현진이 …흐끅."

현진이 뭐! 서럽게 우는 아이를 다그치면 더욱 더 기다려야 하기에 다그치고 싶은 것을 참고 차분히 기다렸다.

"현진이 뺨을 때렸어요…. 흐엉…."

…방금 말 취소. 때린 적이 없긴 했는데 이번에 때렸니? 혼날 만하네. 그런데 왜 너가 우니…. 맞은 현진이는 안 오고….

"그래서 선생님한테 혼났어?"

끄덕끄덕.

"뺨을 왜 때렸는데?"

날 보는 두 눈에 다시 눈물이 차오른다.

"졸랐어요…."

"뭐를?"

"현진이가 제 목을 졸랐어요…. 흐엥…."

갑자기 눈 앞이 아찔해지는 기분이다. 체육하라고 보내놨더니 한 명은 목을 조르고 한 명은 뺨을 때리다니. 이래서 체육 선생님이 교실로 보내셨나. 자초지종을 들어보니 게임 활동을 하다 둘이 시비가 붙게 되었고, 감정이 격해진 현진이가 성준이의 목 부근을 밀치자 당연히 화가 난 성준이가 현진이의 뺨을 때린 것이다. 사정을 다 이야기하고 다시 목 놓아 우는 성준이에게 조용히 말했다.

"우선 화장실에서 세수하고 와…."

어깨를 들썩이며 나가는 성준이를 보다 시계를 보니 전담 시간이 끝날 시간이었다. 아니나 다를까 세수하고 온 성준이가 물만두마냥 퉁퉁 부은 얼굴로 앉아있으니 현진이와 다른 아이들이 교실로 우르르 들어왔다.

"현진이 앞으로 나오세요."

말 안 해도 이미 잔뜩 긴장한 얼굴로 다가오는 중이었다. 의자를 끌어 성준이 옆에 앉히고선 물었다.

"체육 시간에 성준이랑 싸웠니?"

대답을 하려고 입을 여는데 벌써 한 쪽 눈에 눈물이 고여있다.

"성준이가… 말을 기분 나쁘게 해서어….

제가 성준이를 쳤더니 성준이가 저를 때렸어요…. 그래서 혼났어요…. 두 문장을 말하는 사이에 두 눈에 눈물길이 주륵 흐른다. 옆에서 곁눈질로 그것을 본 성준이도 2차 눈물샘을 개방한다. 교실 뒤에서 다른 아이들이 머뭇거리며 앞쪽을 흘긋거린다. 이렇겐 안될 것 같아 둘을 데리고 교실 밖을 나가 사람이 지나가지 않는 복도에 세운다. 둘다 눈물이 올망졸망 달려서 나를 올려다 본다. 아이고, 이 녀석들아.

"기분 나쁘다고 사람을 때려?"

그리고 성준이 목을 때렸다며. 성준이가 너한테 똑같이 했어도 가만히 있을거야?

"아니요…."

결국 현진이도 대성통곡을 하고 만다. 싸움이 생겨도 각자 느끼

126

는 게 다를 수 있기에 난 둘이 서로 이해하게 될 때까지 물어보는 편이다. 지금처럼 똑같은 행동은 한 명은 목을 졸랐다고 느끼고, 한 명은 목 부근을 때렸다고 할 수 있기 때문에.

성준이와 현진이 모두 우리 반의 순한 귀염둥이였는데, 우는 모습을 보니 속상했지만 어쨌든 잘못한 건 잘못한 거다.

"울지마. 둘 다 잘못했잖아."

라고 말하니 숨을 들이쉬며 어떻게든 안 우려 하는데, 이미 마스크 밖으로 폭포수 마냥 눈물이 흐른다.

"뭐 잘못했어?"
"친구 때린거요…."
"성준이는?"
"저도 때린거요…."

자기가 잘못한 걸 알고 있고, 이미 체육 선생님께 호되게 혼나 더 혼낼 필요는 없는듯 했다. 미안해…. 팔뚝을 툭툭 치며 기어들어가는 목소리로 말한다. 절친인 녀석들답게 사과하는 방식도 닮아있다.

"싸워가지고 이게 뭐야. 너네 좋아하는 체육도 못하고. 이래가지

고 선생님이 너네 믿고 보낼 수 있겠어? 체육시간마다 나랑 체력교
실할래?"

재밌는 체육 대신 담임과 함께하는 재미 없는 체력 교실이요? 다
시 합창으로 대성통곡을 시작한다. 으에엥~ 울고 싶은 건 체육 선
생님과 나란다….

"쿨쩍…. 이제 안 그럴게요."
"현진이도?"
"네에…."
"들어가세요 그럼."

매달려 있는 콧물을 옷소매로 대충 닦고는 또 어색하게 서로 어
깨동무를 하고 들어간다. 에휴, 꼭 저렇게 사이좋게 지낼 걸 싸운다
니까.

# 넵 알겠습니다 (모르겠는데요)

　교사라는 직업의 업무 고충 중 하나는 매년 업무가 바뀌는 것이다. 앞서 잠깐 언급했듯이 교사는 수업이 끝나면 일이 시작된다. 업무라는 것을 하게 되는데 학교가 잘 돌아가기 위해 하는 것이라 그 종류가 다양하다. 학교폭력, 학생자치처럼 일반인들에게도 흔히 알려진 것부터 정원 외 관리나 전자기기 관리처럼 그것도 교사가 하냐며 반문할 수 있는 것들. 이러한 업무의 유통기한은 1년이다. 우리가 1년이 지나면 반이 바뀌는 것처럼, 교사들도 반이 바뀌고 업무가 바뀌기 때문이다. 문제는 여기서 시작된다. 학기말 업무인계서를 작성하지만 업무를 받게 되면 사실 처음 하는 일이기 때문에 누구나 생소하다. 전임자가 그 학교에 계속 있다면 죄송함을 무릅쓰고 찾아거나 물어볼 수라도 있지만 학교를 옮기거나 휴직했다면 주먹구구식으로 알아서 해야 한다. 관리자나 부장직에 있는 선생님도 자신의 업무가 아니라 잘 모른다. 결국 교육청 담당자에게 전화해서 물어봐야 하는데 업무 파악이 안 되어 물어본 거니 설명해도 잘 못 알아듣는 경우가 부지기수다. 하지만,

"아 넵 알겠습니다."

　다들 바쁜 걸 뻔히 아는데 붙잡고 있기가 미안해 알겠다고 하며

미간에 내천자를 만들고는 일을 시작하는 것이다. 처리해야 할 일이 많은 업무 같은 경우는 각 학교의 담당자들이 모여 커뮤니티를 형성한다. 커뮤니티 내에서 질문하고 각자 아는 것을 답변해주며 업무들을 이해해 나간다. (과연 21세기가 아닐 수가 없다.)

업무 이해가 됐다면 이제 기안을 올릴 차례다. 어떤 건에 대해서 문서화하는 작업인데 업무 담당자가 작성하고 그 위 부장, 관리자 순으로 결재를 받는다.

"한 번 띄우는 거였나…. 두 번 띄우는 거였나…."

공문에는 맞춰진 틀이 있는데, 예를 들면 제목은 휴면명조체 13pt 본문은 굴림체 11pt라든지 첨부파일을 넣으려면 몇 번 스페이스바를 눌러 작성해야 한다든지. 항상 쓰는 공문이라도 늘 헷갈려서 저번에 작성한 공문을 확인하곤 한다. 그리고 작성하여 결재 받으면 끝. 한 번에 오케이 나는 경우도 있지만 관리자들이 볼 때 애매한 부분을 다시 수정해 작성하다 보면 몇 번씩 똑같은 내용을 조사만 바꿔 올리는 경우도 있다. 이런 경우는 좀 힘들다. 제발 한 번에 말씀해주시면 안 될까요….

"헉 틀렸네."

첫 발령을 받고 나서는 기안을 1개 하는 것만으로도 진이 빠지고 시간이 오래 걸렸다. 몇 줄 안 되는 공문을 쓰기 위해 2시간을 쓰는 것도 현타가 왔다. 교대에 4년 동안 배운 것과는 전혀 거리가 먼 실무적 능력이니 정말 틀리면서 배워야 했다. 이렇게 기안을 올리고 결재를 받아도 사람이 하는 일이라 그 당시 발견하지 못한 실수를 나중에야 발견하는 경우도 있는데 이럴 경우에는 울며 겨자먹기로 수정기안을 올린다. 왜 꼭 오타나 잘못된 부분은 결재가 완료난 뒤에 보이는지. 물론 내가 발견하는 게 나중 교육청이나 감사에서 틀렸다고 전화 오는 것보다는 훨씬 낫다.

그리고 돈을 쓰는 업무일 경우에는 행정실과 연락을 해야 하는 경우도 많다. 업무는 교사가 맡고 있지만 행정실이 학교의 전체적인 예산을 관리하기 때문이다. 절차가 하나 추가되면 변수도 하나 생기는 것이기 때문에 조금 더 신경을 기울여야 한다.

이렇듯 업무라는 게 산 넘어 산인데, 산의 정도 차이가 있다고 느낀다. 산이라고 해주기는 약간 모자란 구릉, 동네 뒷산처럼 편안하게 오를 수 있는 산, 등산이 익숙해지면 괜찮은 적당한 높이의 산, 죽기 전에 꼭 올라야 하는 명산까지. 물론 난 등산이 취미가 아니라 명산 등반에는 의욕이 없지만…. 산비탈과 산등성이를 왔다 갔다하다 보니 어느새 1년 주기로 테마가 바뀌는 등산을 하고 있는 중이다.

# 아 미안

내가 첫 발령 나고 전담할 때의 일이다. 잘못되었다는 느낌을 받을 때는 바로 이야기를 했어야 했는데 그러지 못해 후회되는 일.

40분 시간을 채우기 급급하고, 배움 과정보다는 아이들의 반응이 가장 중요했던 나는 앞서 말했던 것처럼 게임을 자주 했다. 아이들이야 좋아했다. 손 아프게 여러 번 단어를 쓰지도 않고, 배웠던 것을 활용해 말하기만 하면 됐으니 부담도 없었을 것이다. 게다가 거기에, 누가 봐도 어려 보이는 외모까지 가졌으니. 선생님보다는 언니누나의 느낌이었을 것 같다.

9월에 막 발령받아 12월로 넘어가는 참이었다. 학기 말이라는 느낌에 아이들도, 나도 풀어지는 시기였다. 수업을 하고 5분 정도 시간이 남았는데, 보통 같으면 복습을 했겠지만 3개월 정도 일했다고 제법 '여유로운' 척하며 이야기를 하려고 한 게 화근이었다. 게임을 한 직후라 아이들은 흥분해있었고, 그 상태에서 영어 학원 이야기가 나왔다.

"근데 샘은 학원 몇 개 다녔어요?"
"2개 다녔어요."

"에엥? 구라!"

맨 앞줄, 목소리가 제일 큰 남자아이가 큰 소리로 외쳤다. 모두의 눈이 그쪽으로 향했고, 본인도 아차 싶었는지 수습해야겠다는 얼굴로 말했다.

"아. 미안."

말이라고 하는 것은 평소 그 사람이 세계를 보는 관점을 그대로 보여주는 창이다. 자신이 저지른 잘못을 사과하는 상황에서 경어가 아닌 평어를 썼다는 것은 아이가 나를 선생으로 존중하지는 않았다는 것을 뜻하기도 했다. 하지만 그 때의 나는 아이가 내 기분을 나쁘게 했을 때 이를 어떻게 표현해야 할지 몰랐다. 명백한 규칙을 어긴 것도 아니고, 다른 친구를 때린 것도 아닌데 어떻게 혼내지? 아니 혼내도 되는건가?

"아니아니, 죄송해요."

덕분에 타이밍을 놓쳤고, 내가 할 말이 없어 빤히 쳐다보고 있는 사이 아이는 다시 고쳐 말했다.

교과서적이고 지루한 이야기이긴 한데, 어떠한 잘못을 하면 당연히 혼나야 하지만 그 외에 사람 대 사람 관계에서 학생에게 교사로서 존중받지 못한다는 느낌이 들면 그 감정을 그대로 표현하는 게 중요하다. 자신이 기분 나쁘다는 것을 분명히 보여줘야 상대방도 조심하기 때문이다. 하지만 난 그러지 못했고, 그 상황이 마음에 꽤 오래 남아 있었다.

# 한 사람을 키우기 위해서는 온 마을이 필요하다

새아프리카 속담에 이런 말이 있다. '한 아이를 키우기 위해서는 온 마을이 필요하다.' 세상이 낯설어 보일 아이를 키우기 위해서는 어른의 배려와 온정, 그리고 어른들끼리의 협력이 필수적이라는 이야기일 것이다.

청소시간 먼지 묻은 물티슈를 친구에게 던져 혼난 아이의 어머니에게 전화가 온 적이 있다. 자기 애에게 무슨 억하심정이 있냐며 1시간 정도 소리 지르며 화를 내신 뒤 전화가 끊겼다. 그 학부모님은 원래부터 아이가 나를 무서워한다며 나를 좋게 보지 않으셨는데, 이 사건이 감정의 표출구가 된 것이었다. 앞의 학부모님과는 서너번 더 마찰이 있었는데, 나이가 어리고 애도 안 낳아봐서 모르시는 것 같은데 찾아가겠다며 화를 내셨다. (찾아오진 않으셨다). 내가 지도를 한 이유는 주어진 시간에 할 일을 하는 책임감, 친구가 싫어할 짓은 하지 않는 배려를 아이가 배우길 원했기 때문이다. 물론 교사도 사람인지라 지도 스타일이 잘 맞는 아이, 잘 안 맞는 아이가 있을 수 있다. 그러니 사전에 학부모들과의 조율이 필수적이라고 볼 수 있겠다. 아이를 가장 오래 본 것은 학부모이고, 좋은 방향으로 나아가기 위해 충분한 대화와 배려가 필요하다.

아이는 성장해서 어른이 된다. 그런데 이 성장이라는 것은 나라는 자아의 소프트웨어 업데이트이지, 하드웨어의 교체는 아니라는 말을 들은 적이 있다. 소프트웨어가 업데이트되기 위해서는 새로운 코드를 짜야 하고 이건 온전히 아이 스스로의 몫이다. 주변에서는 아이가 코드를 짤 수 있게 적절한 자극을 주어야 하는데 어느 날은 당근이 되기도 하고 어느 날은 채찍이 되기도 한다. 아이를 바라보고 관찰하며 따뜻한 말로 아이 스스로가 새로운 방향을 찾게 하기도 하고, 바르지 않은 길을 갈 때에는 주의를 끌고 돌아오기 위한 사다리를 놓아주어야 한다. 때로 새로 짠 코드가 오류가 날 때에는 몸이 아픈지, 마음이 아픈지 찾아보고 해결방안을 함께 고민해보고.

그러나 이것을 도와주는 주변 어른 역시 한 때는 아이였다. 가끔씩 오류가 나면 업데이트 전 버전이 나오는 것처럼, 어른들도 마음이 넉넉치 않은 날에는 성장 전의 모습이 툭툭 튀어나오기도 한다. 나의 경우 전 버전의 나는 날선 언어를 사용한다. 그럴 때에는 한 발짝 물러서서 오류에서 돌아올 시간을 가진다. 결국 우리의 목표는 더 잘 살아가는 것이기 때문에 아이를 이해하기 위해 정말 다른 각도로 보려 노력하고, 학부모와의 믿음을 위해 진심을 다하고. 당장은 새로운 코드를 짜내는 게 힘들고 고달플지 몰라도 시간이 지나고 나면 다시 업데이트가 되어 있을 것이라 믿으면서. 또 당장 나에게 서운하게 대하는 학부모가 있을지라도 업데이트를 위한 시도를 하고 있는 것이라 생각하면 위로가 된다. 중요한 것은 업데이트를 위해 결정적 역할을 하는 이가 서로라는 것이다. 아이는 선생님과 부모님, 교사는 아이와 학부모, 학부모는 교사와 아이. 그러니까 한 아이를 위해 온 마을이 필요한 것이 아니라, 한 사람을 키우기위해 온 마을이 필요하다고 보면 좋겠다.

# 국밥과 공개수업

　한국인의 영혼을 달래주는 국밥. 뼈나 고기를 넣고 팔팔 끓인 물에 장시간 우려낸 뜨끈한 국물에 달곰새금한 석박지를 한 입 베어물면 지쳐버린 몸과 마음이 회복된다. 또 오랫동안 우리 곁의 친한친구인 만큼 국밥을 사용한 표현도 많은데, 예를 들면 '이거 먹을돈이면 뜨끈한 국밥이 몇 그릇이야'라며 음식에 대한 가성비를 따지는 상황에서 쓰이는 재밌는 투덜거림. 국에 밥을 말아먹다-라는동사가 오는 것을 활용해 부정적으로 쓰이기도 하는데, 보통 드라마나 영화에서 주연 배우가 관람객을 잡지 못 하고 망쳐버리는 상황을 비유하기도 한다. 나도 한국인답게 국밥을 많이 말아먹었는데 공개수업에서 특국밥을 먹은 일을 소개할까 한다.

　보통 학교 수업은 담임 선생님과 아이들의 참여로 이뤄지는데 학교의 다른 구성원들에게 이러한 수업을 공개할 때가 있다. 학부모공개수업, 동료 선생님 공개수업, 관리자 공개수업 등. 학부모 공개수업에서는 자신의 자녀가 학교에서 잘 지내고 있는지 확인할 수도 있고 동료 선생님 공개수업에서는 서로의 수업을 나누기도, 수업에 대한 일가견이 있는 선생님께 수업 스킬을 배우러 가기도 한다. 관리자 공개수업은 교감선생님, 교장선생님께 공개하는 수업으로 이후 수업협의 시간에 오랫동안 수업을 해온 관리자들의 팁을 얻을 수 있다. 선생님들에게는 이렇듯 1년 동안 많은 공개수업이 있는데 가는 날이 장날이라고 내가 특국밥을 먹은 날은 관리자 공개수업이었다.

자신의 결과물을 공개하고 실시간으로 평가받는 게 누구에겐들 부담되지 않겠느냐만 저경력인 나는 아무래도 더 걱정되는 것이 많았다. 교실 창틀과 문틈에 있는 먼지는 왜 꼭 보이지 않다가 공개수업 시작 직전에 내 눈에 보이는 건지, 가위로 종이를 잘게 잘라길 찾는 헨젤과 그레텔 마냥 항상 자신의 자리 주변에 영역표시를 하는 아이의 자리는 왜 공개수업을 하는 날 맨 뒤인지, 그 동안 잘 쓰고 있던 교구들이 하필이면 공개수업 날에 힘없어 보이고 조잡해보이는지 등.

그렇게 그 날도 이 수많은 의문들을 뒤로 하고 공개수업을 들어간 날이었다.

"자 87쪽 첫 번째 문단 읽어볼게요~."

수업 주제는 5학년 사회의 역사 파트 중 세종대왕 때의 문화 발전에 관해서였다. 한국인이 존경하는 인물을 꼽으라면 부모님, 이순신 장군과 함께 다섯 손가락 안에 드는 성군답게 세종대왕님은 다방면에서 활약하셨는데 문학, 음악, 과학 등을 배우겠다고 말하자마자 열려 있는 뒷문으로 교감 선생님이 조용히 들어오셨다. 인기척에 아이들이 흘끔 곁눈질을 했다. 국방 부분에서 명나라에 대해서는 사대 정책을, 일본과 여진족에 대해서는 강경책과 회유책을 반복적으로 써 나라를 운영했다는 사실을 설명하던 중이었다.

"여진족에 대해서는 당근을 주다가 채찍을 때리다가 한다고 했죠? 이 채찍의 대표적인 예가 강동 6주입니다."

"…4군 6진."

…오잉?

뒤에서 들려온 낯선 목소리에 아이들이 뒤돌아보았다. 사실 아이들의 고개와 책상 간의 거리가 가장 가까워지는 역사 시간이라 내가 뭘 잘못 말했는지도 잘 모르겠지만. 어쨌든 선생님의 말에 첨언한 상황 아닌가. 나의 뇌와, 교감 선생님의 뇌 속도 대결에서 나의 뇌가 패배했다. 나의 뇌가 잘못 말했다는 인식을 하기도 전에 교감 선생님의 고쳐 주고 싶다는 인식이 뇌를 박차고 나온 것이다.

나를 위한 약간의 변명을 하자면, 사람은 누구나 말이 헛나올 때가 있지 않은가. 게다가 5학년 사회는 고조선부터 6.25까지 약 2,000년의 시간을 1학기 동안 나가야해 진도로 숨 가쁜 나날들이었다. 저번 주에 고려의 서희가 되어 거란족과 담판을 짓고 나서 세종대왕이 한글을 창제하는데 3시간이 걸렸다.

교감 선생님도 적잖이 당황하셨는지 바로 교실을 나가버리셨다. 교사의 수업권을 존중하지 않고 끼어들었다고 생각하신 것 같다. 아이들은 어쨌든 교감 선생님이라는, 또 다른 선생님이 나가시자 한숨을 들이쉬며 자세를 고쳐 앉았다. 그 이후 세종대왕님의 과학 업적에 대해 수업했는데, 비의 양을 측정하는 측우기에 대해 설명하면서 나도 측우기의 구슬 정도는 올릴 수 있을 것이라 생각들었다. 교감 선생님은 후에 이렇게 말씀하셨다.

"돌멩이샘. 미안해요…. 나도 모르게…."

"괜찮습니다. 하하…."

국밥에는 탄수화물, 게다가 시래기, 콩나물, 우거지 등의 채소뿐만 아니라 돼지고기, 선지, 순대, 뼈 등을 사용해 대체로 영양소의 균형이 맞는데, 국이라 나트륨 함량이 많다는 것이 문제라고 한다. 어쩐지 그 날 내가 말아먹은 특국밥…. 짜더라….

# 잣같이 구네

이 사건은 내가 제일 미숙했던 시기에 일어난 일이다. 아이를 다루는 법도 몰랐고, 어떻게 해야 바른 길로 인도해야 할지 걱정과 의욕만 가득 차 있던 시기였다.

난 코로나 때 처음 담임을 맡았고, 그 때는 밀집도 문제 때문에 아이들이 매일 학교에 등교하던 때가 아니었다. 온라인 수업과 오프라인 수업을 병행하고 있었는데, 1차전은 학교에 등교한 날 터졌다.

A는 우리 반에서 가장 덩치가 큰 아이였다. 원래 사춘기 때의 남자아이들은 자신의 서열을 과시하고 싶어한다. 아마 초임이고 어리버리한 티가 나는 여자 선생님이니 A가 선생님보다도 자신이 위에 있는 것을 보여주고 싶어 생긴 문제일 것이다. 그 전에도 묘하게 신경을 긁는 행동을 계속하여 나도 주의를 기울이던 차였다.

수업 후 학습지를 작성해야 하는데 다른 아이들은 모두 제출했는데 한 아이만 안 냈다. A였다.

"A야 왜 안 내니. 내세요."
"낼 거에요."

그러니까 지금 내라고… 라고 하려던 것을 삼켰다. 그래, 아직 못했을 수 있지. 그런데 6교시가 끝날 때까지 안 내는 것 아닌가. 안 그런 척해도 계속 신경이 학습지에 가있던 나는 나가려는 A를 붙잡고 말한다.

"학습지 주세요."
"…아 못했어요."
"시간이 얼마나 있었는데 못 해?"
"아 못했다구요."

인상을 팍 찌푸리는 A가 …그래 솔직히 말하면 좀 무서웠다. 하지만 어차피 반에 나랑 A밖에 없는 거.

"그럼 하고 가."
"저 학원 가야 하는데요."
"할 건 해야지 학원을 가죠?"

말하면서도 머릿속이 바빴다. 그냥 날 밀치고 가면 어떡하지?? 나 그럼 완전 멍멍이 무시당하는 거 아냐!!

"아…씨 진짜 잣같게."

그런데 그 한 마디로 바쁜 사고회로가 정지했다.

"…뭐같게?"

"…."

"뭐같냐고. 말을 해봐."

머리가 식으니까 오히려 마음이 편해졌다. 잣이라니. 잣이라니, 내가 견과류가 들어간 욕을 나보다 10년 넘게 어린 아이에게 듣다니.

"학습지 하고 가라고 한 게 그렇게 맘에 안 들어? 그럼 어머니한테 말씀드려. 학교에서 공부하라고 뭐 같게 한다고. 그리고 전화 주시라고 해. 네가 그렇게 힘들다는데 선생님이랑 부모님이 이야기 해봐야하지 않겠니?"

뭐라 했는지 정확하게는 기억이 안 나지만 위와 비슷하게 이야기 했던 것 같다. 초임의 마인드로 아이들에게는 항상 부드럽고 예쁘게 말해야 한다는 강박이 있었는데, 이 때가 처음으로 그 강박이 깨어지는 때였다. 항상 그랬니~ 하면서 좋게 말해주던 담임이 비꼬자 A도 멈칫했다.

"가봐."

잠시 A의 눈을 마주봤다. 그 안에는 반항이 있었지만, 반성은 없었다. 그럼에도 불구하고 선생님은 사랑으로 학생을 감싸 안아주었고 선생님의 진정한 사랑을 느낀 학생은 자신의 행동을 뉘우쳤답니다- 라는 훈훈한 스토리라면 좋겠지만, 글쎄 그렇지 못했다. 우선 내가 처음 담임을 맡느라 급급해서 남을 포용할 여유가 없었고, 솔직히 말해서 그렇게 불손하고 나를 존중하지 않는 느낌이 드는데 내가 먼저 포용하기에는 나의 마음 그릇이 그만큼 성장하지 못한 때였다.

그렇게 그 날 기싸움 아닌 기싸움이 벌어진 뒤 우리 사이는 일종의 소강 상태였다. A는 나를 자극하는 행동을 하지 않았고, 나도 자극하지 않으니 그냥저냥 데면데면한 상태로 지냈다. 2차전은 아주 기가 막히게도 2학기의 마지막 날 일어났다.

다시 번지는 코로나로 인해 줌으로 종업식을 하게 되었다. 줌을 해보신 분들은 알겠지만, 딴 짓하고 있는 사람들은 티가 난다. 그게 아이라면 더욱. 그리고 난 듀얼 모니터를 써서, 아이들의 카메라 역시 큰 화면으로 볼 수 있었다. 얼마나 크게 볼 수 있냐면, 아이들의 눈동자에 비치는 모니터를 볼 수 있을 정도로 크게 볼 수 있었다. 줌을 틀어놓고 게임을 하면 반짝거리는 불빛이 눈동자에 비치고, 카카오톡 메신저를 하면 슬며시 웃는 타이밍이 수업과 다르다.

사실 사람이라면 비대면 줌은 딴짓하기 너무나 좋은 환경이다. 나도 종종 한다. 그러나 마지막 종업식 날이라 그런지 아이들 모두 열정적으로 참여하고 있는 중이었다. 말은 안 했지만 내가 첫 담임을 맡은 아이들이라 이렇게 보내는게 아쉬워 마지막 3,4교시에는 게임을 진행하는 중이었다. 하필이면, 번쩍거리는 A의 눈동자가 내 모니터 화면에 떴다.

 한 번이니까 그냥 넘어가자. 이번엔 슬쩍 웃는다. 두 번. 이번엔 눈동자가 번쩍거리고 입이 웃는다. 세 번. 참을 인 세 번이면 뭐를 면한다 했더라…. 아, 싸한 분위기를 면한다 했나. 하지만 나는 미숙한 중생일 뿐이었고…. 싸한 분위기를 면하지 못했다. 학년이 끝나기 5분 전이었다.

 "A야. 재밌니?"

 화면공유를 끄자 아이들의 카메라 화면이 보였다. 자기 이름이 불릴 줄 몰랐던 A의 얼굴이 굳었다.

 "재밌나 보네. 아까부터 계속 하더라."

 당황한 아이들이 눈동자를 도르륵 굴렸다. 더 이상 말하고 싶지도 않다. 첫 학년의 긴장과 미안함, 마지막에 참지 못한 나에 대한 짜증이 마음 속에서 터졌다.

"여러분 1년 동안 수고했어요. 이렇게 마칠게요. 잘 가요. 줌 나가셔도 됩니다."

A는 가장 먼저 줌을 나가버렸고, 우리 사이는 갈무리되지 못하고 그렇게 끝이 났다. A를 제외한 아이들은 각자 채팅과 목소리로 마음을 전했다.

"선생님, 1년 동안 가르쳐 주서서 감사해요."

그런 소리는 마음에 닿지 않았다. 어른이 되어 가지고, 그것도 교사가 되어서 마지막 5분을 참지 못 한 것이 속상했다. 지금 A를 만나면 더 요령 있게 관계를 재정립할 수 있을 것이라 생각한다. 하지만 뭐, 그 때는 그랬으니까. 교사 요령 수업료로 견과류 값을 치르고 배운 것 같다.

# 누가 떠드니? 쟤요!

8살. 세상에 태어난지 10년도 안 된 나이. 내가 8살과 이야기를 나눈 것은 교대 3학년 실습 때가 전부였다. 담임의 책임도 없고, 견습생의 신분으로 나가 만난 8살은 그저 순수의 결정체였다. 만난지 5분만에 선생님이 우리 담임샘이면 좋겠어요! 라고 사랑의 고백을 하던 귀여운 녀석들이었다. (비록 내 이름도 소개 안 했지만)

그래서 학교에서 1학년 교실 보결을 들어가라고 했을 때 기대 반, 기쁨 반이었다. 내 기억에는 4년 전 그 뽀송뽀송하고 순진한 생명체가 다였기에. 덩치가 쑥쑥 커 책상 밖으로 어깨가 삐져나오는 우리 반 아이들을 남겨놓고 가벼운 발걸음으로 1학년 교실로 내려갔다.

그리고 정확히 5분 만에 내 기대는 공포로 변했다.

"선생님 누구에요?"

"선생님 왜 여기 있어요?"

문을 열고 들어가자마자 내 허리의 반만 한 녀석들이 톡톡 튀어

나왔다. 여기까지는 뭐, 괜찮았다.

"자 자리에 앉자~"

"우와!! 새로운 선생님이다!"

"선생님 왜 목소리가 남자예요? (내가 목소리가 낮은 것을 이렇게 표현한 듯 싶다.)"

"선생님 저 이따가 친구랑 문방구 가기로 했어요.(그걸 왜 나한테.)"

자리에 앉히는 데만 5분 걸렸다. 그제야 이상과 환상은 다름을 직감적으로 느꼈다. 시간표를 보니 이전 시간에 하던 활동을 이어하면 되었다. 주변의 가게에 대해 알아보는 차시라 가게에서 파는 물건들을 그리고 색칠하는 활동이었다. 모자 가게에는 모자를 그리고, 생선 가게에는 생선을 그리고. 세상에, 우리 애들 쓰는 종이의 반만 하네. 속으로 감탄하면서 돌아다니면서 아이들의 작품을 봐주고 있었다. 어떤 아이가 어깨를 떨면서 울기 시작했다. 옆에 쪼그리고 앉아 말을 걸었다.

"우리 친구는 왜 울까요?"

"과일 가게에 뭐 그릴지 모르겠어요⋯."

"야아! 과일 가게에는 과일 팔지!(진짜 옆에서 이렇게 말했다.)"

"안다고오!"

 종잡을 수 없는 감정흐름에 식은땀이 나는 것 같았다.

"뭘 그릴지 헷갈린다는거구나~ 옆에 교과서 볼까요? 감도 있고⋯. 사과도 있고⋯. 이런 거 그리면 어떨까?"

 그랬더니 씩씩하게 눈물을 닦고 무언가를 그리길래 한숨 돌렸다. 정말로 이 한 마디 했는데 해결이 되었나 보다. 아리송한 기분으로 마저 아이들을 봐주다가 얼추 다 한 것 같자 발표할 사람-이라고 물어봤다. (여기서 멈췄어야 했다) 고학년의 발표 과정은 이렇다. 손을 들고, 이름을 부르면 자기가 쓴 내용을 발표한다. 하지만 저학년의 발표는 내 생각과 매우 달랐다. 20명이 넘는 친구가 책을 들고 우르르 앞으로 나왔고, 발표에 관심 없는 나머지 친구들은 다른 친구들이 자리에서 이동하자 자기들도 신난 나머지 교실 뒷편으로 뛰쳐나가 콩콩 뛰었다.

"누가 나와요. 들어가세요."

"저 발표할건데요?"

"저가 나왔어요!"

…정신이 아찔해졌다. 진지하게 고민했다. 아직 수업시간이 10분이나 남았는데…. 내가 교실 나가면 큰일나겠지? 정말 안 되겠지?

"발표는 들어가서 선생님이 시키면 하는 거에요. 들어갈게요."

두더지 잡기 게임에서 두더지가 올라오는데, 한 두더지가 아니라 모든 구멍에서 두더지가 올라오는 것 같았다. 그리고 나에겐 망치는 없고 그저 목소리뿐.

겨우 아이들을 진정시키고, 발표할 아이를 한 명 세웠다. 입을 열려고 하는데 앞에 두 친구가 자기들끼리 뭐라 소곤거리길래 조용히 하라는 요량으로 말했다.

"누가 말해요 지금~"

"저요!"

아…. 그 악의라곤 없는 순수한 눈동자. 저학년에게는 설의법이

통하지 않는 것이었다. 나름 아이들이 익숙해졌다고 했는데 아니었다. 저학년은 또다른 차원의 생명체였다. 내가 할 수 있는 최선은 남은 시간 동안 아이들이 자리에서 튀어나오지 않게 방어하는 것뿐이었다.

종이 치고, 다음 수업을 하러 오신 선생님의 모습이 황금 구름을 타고 내려온 단군 마냥 빛나 보였다. 얼른 고개를 끄덕이고는 교실을 나섰다.

그 뒤 고학년 우리 반은 2주 동안 숨만 쉬어도 나의 사랑을 듬뿍 받았다는 후문이 있다.

"이야~ 발표할 때 손 들고 규칙을 어쩜 이리 잘 지키니."
"이야~ 내가 설명 안 해줘도 줄을 번호순대로 설 줄 알아?"

물론 인간은 적응의 동물이라 2주 만에 다시 꼬장꼬장한 담임으로 돌아왔지만 말이다.

# 종이는 왜 찢니?

"……."

"…."

거친 숨과 침묵만이 흐르는 이 곳. 서부영화 촬영지가 아니다. 아이들이 간 후 조용한 교실이다. 긴장감 있는 두 사람 사이에 굴러다니는 것은 회전초가 아닌, 하얀 종이 부스러기. 한 사람이 눈물 젖은 얼굴로 총 대신 책상을 밀친다.

사람이 우주정거장에 가고, 날아다니는 차는 없더라도 전기차는 있는 21세기에 난데 없는 서부극을 찍게 된 연유는 이렇다.

**- 5시간 전 도덕 시간 -**

"지금까지 한 것 내자. 뒤의 사람이 걷어오세요."

도덕 시간이라고 함은, 민주시민 사회에 발맞춰 살아가는 시민이라면 반드시 함양해야 할 인성을 길러주는 (그러니까 뻔한 소리를 늘어놓는) 중요한 수업이다. 물론 중요도와 재미도는 역수 관계라는 것을 아셔야 한다.

아이들도, 나도 힘겨운 싸움 중이지만 40분 간의 협업을 통해 잘 마무리하는 순간이었다. 철수네 줄의 맨 뒷자리에 앉은 아이가 곤란한 얼굴로 내게 달려왔다.

"선생님… 철수가 안 내요."

무언가 마음에 들지 않는 것이 있던지 철수가 볼이 잔뜩 부은 채로 앉아있었다.

"응 철수 것은 선생님이 걷을게~"

철수에게 다가갔다. 나를 흰자로 보더니 고개를 파묻는다. 아… 긴 싸움이 될 것이란 예감이 딱 왔다. 슬쩍 보이는 학습지는 백지.

"할 수 있는 데 까지 해~ "

생각할 시간을 주고 총총 물러났다. 점심 시간을 제외하고 청소 시간을 마치고, 종례가 끝날 때까지 얼굴을 들지 않는다. 나 혼자 침묵의 회개 시간을 가진다. 도대체 무엇이 철수의 심기를 건드렸단 말인가.

숨이 막혔는지, 우연의 일치였는지 철수가 고개를 들었다.

"학습지 갖고 앞으로 나와서 앉으세요."

누가 봐도 나 뿔났어요 하는 걸음걸이로 쿵쿵 걸어온다.

"다 하셔야 갈 수 있어요."

어머님하고 이미 이야기는 끝났다. 점심시간에 살짝 전화를 드리니, 오늘 학교 끝나고 아무 것도 없으니 끝까지 하고 보내달라며 신신당부를 하셨다.

빤- 나를 본다. 저번 대치 상황에서 자켓을 던져서 맞을 뻔했기에 약간 움찔했지만, 물러설 수 없다. 오늘 나의 퇴근 목표는 철수에게 도덕 학습지를 받는 것이다.

그 상태로 5분, 10분…. 둘 다 멀뚱멀뚱 서로를 보는 상황을 열려 있는 앞문으로 누군가 본다면 어리둥절하겠다라는 상황과는 관련 없는 생각으로 잠깐 샜다. 갑자기 철수가 벌떡 일어나더니 책상에 놓여 있는 도덕 학습지를 갈기갈기 찢어 허공으로 던졌다.

"????"

이 무슨 인도 영화 같은 상황이란 말인가. 교사가 되기 전까지의 내 삶은 영화 같다는 말과는 참 거리가 멀었는데, 교사가 되고 나서는 여러 가지로 영화 같은 장면을 많이 마주한다. 여기까지가 아까까지의 상황이다.

종이로 눈을 만든 철수가 자기 분에 못 이겨 책상을 흔들자, 난 조용히 이면지함을 가져왔다. 학습지 여유분 안 뽑아놨는데⋯. 그럼 직접 만들어야지 뭐.

"종이 여기 있으니까 직접 만들어서 쓰세요."

철수의 눈에 눈물이 맺힌다. 숨소리가 거세지더니, 교사 책상 옆에 있는 보조책상을 두 손으로 잡고 마구 흔든다. 쿵쿵, 찍는 소리가 내 책상을 타고 전해졌다.

"지금 책상 부수려고 하는거니?"

아씨, 책상 대신 내가 부서지면 어떡하지? 보는 사람도 한 명 없는데! 걱정과는 달리 책상을 흔들던 철수는 분이 좀 풀렸는지 다시 가만히 서 나를 응시한다.

"다 하면 이야기해."

내 생각은 바뀌지 않을 것임을 보여주고는 컴퓨터로 시선을 고정했다. 결국 숨 막히는 대치 끝에 철수가 이면지에 연필을 벅벅 긋는다. 누가 봐도 알아볼 수 없는 글씨.

"다시 해."

다시 철수의 눈가가 벌개진다.

"학습지에 나와있는 질문 답하는 거에요."

가슴이 크게 오르락내리락 거리더니 모자를 벗어 바닥에 내팽개친다. 저런.

"…모르겠어요."

그러니까 지금, 수업시간부터 볼이 부어서 앉아 있던 이유가 갈등을 해결해본 경험과 그 느낌을 쓰라는 질문에 대한 답을 모르겠어서 그랬던 거구나.

"책 보고 쓰세요."
"학원 가야 하는데요."
"어머니랑 통화했는데 없다던데요."

학원 카드를 쓰려다 무산당한 철수가 퇴로가 없음을 알고 부들부들 떨며 자신이 찢어놓은 학습지를 줍는다. 이면지를 꺼내 분노를 담아 (아니 갈등 해결 경험 쓰라는 것이 그렇게 화날 일인가?) 꾹꾹 눌러쓴다. 결국 한 시간의 대치 끝에 학습지를 받아냈다.

"처음부터 모르겠다고 갖고 오면 되는데 왜 화를 내? 그리고 종이는 왜 찢니?"

들리지도 않을 말을 하고는 집으로 돌려보냈다. 오늘도 수고했다 나 자신.

## 오해와 이해

사람과 사람 사이의 관계는 늘 알쏭달쏭한 것이라 내가 아무리 좋은 의도를 갖고 행동했다 하더라도 받아들이는 사람에 따라 최악이 되기도, 최고가 되기도 한다. 교원으로서 사무직원과 협업하는 방식을 배웠고, 어떻게 하면 학부모와 더 잘 소통할 수 있는지 배웠고, 아이들과의 관계에서 흥분하지 않고 한 발 물러서는 방법을 배웠다.

특히나 1년을 지내면서 아이들 간의 관계도 많이 배웠다. 사실나는 물에 물 탄듯 술에 술 탄듯 살아서 학기가 바뀌어도 그냥 그런가보다..받아들이는 쪽이었다. 그런데 내가 담임이 되고 보니 새학기는 아이들에게 스트레스 그 자체인 것이다.

긴장되는 새 학년 첫날. 겨울방학 동안 잘 쉬어 뽀둥해진 얼굴들에 긴장감이 돈다. 작년 같은 반이었던 친구에게는 얼굴의 모든 구멍을 확장시키며 반가움을 표현하고 어색하게 아는 친구에게는 손을 흔든다. 모르는 친구는 핼끔핼끔 훔쳐본다. 그리고 앞의 선생님의 성향을 파악하기 위해 슬쩍 쳐다본다.

시간이 지나면서 맞는 친구들을 만나게 되고, 잘 맞지 않는 친구들과는 갈등이 생기기도 한다. 누군가는 태생적으로 사람들이 잘 모이게 하는 성향이라면 다른 누군가는 시간이 필요한 성향도 있다. 직진을 할지 잠깐 멈출지 그 결정에 따라 오해가 되기도 이해가 되기도 한다. 그러나 아이들의 세계는 미묘한 게, 교사의 적극적 개입을 바라면서도 바라지 않는다. 관망하며 적당한 거리를 유지하는 것. 아이들 스스로의 능력이 자라나도록 하는 것이 필요하다. 담임으로서 교사의 역할은 이런 아이들의 성향을 파악하여 중간 신호등의 역할을 해주는 것이다. 그러다 보면 어느새 자연스레 아이들은 관계를 회복하는 방법을 터득해 실천한다.

그렇기에 나는 성인 대하는 것보다 아이가 어렵다. 성인의 경우 20년 이상 공고히 구축된 그 사람의 가치관이라는 건물을 잠깐 방문했다가 나오면 되지만 아이의 경우 건설 중인 건물 내부에 들어가 이것저것 두드려보고 만져보아야 하기 때문이다. 더 조심해야 하고 사전에 조사할 것도 많게 느껴진다. 그리고 부실 시공을 한 부분이 발견된다면 책임감을 가지고 수리에 임해야 한다. 그래서 어렵다.

# 3부

## 돌멩이와 바람

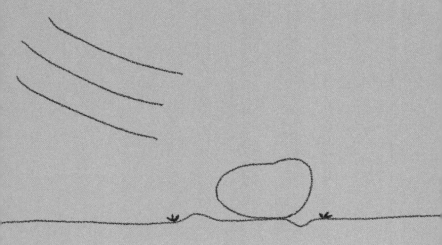

햇빛과 비를 맞은 다음에는 살랑살랑 느껴지는 바람에 여유를 찾
곤 하는 돌멩이의 일상을 간단하게 정리해 보았다.

## 환상과 실제

## 나도 이러고 싶진 않은데

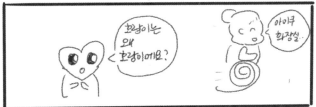

## 선생님 체육 시간에 뭐해요?

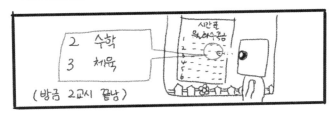

## 여기 돌바닥이야

# 4. 돌멩이, 다시 구르다

# 실습이 끝났는데요 안 끝났습니다

가장 끔찍했던 악몽을 꼽으라고 한다면 대부분의 사람들은 강도에게 끝없이 쫓기는 꿈이나 고층 빌딩에서 떨어지는 꿈 (여담으로 이런 꿈이 키 큰다고 하던데, 난 많이 꿨는데 결과가 이런 걸 보면 다 낭설인가 보다.)이라고 떠올릴 것이다. 그런데 이건 비밀인데… 난… 현재 진행형으로 꾸고 있는 것 같다.

식은땀으로 범벅된 채 뒤척이느라 몸과 마음이 다 구겨져 흠뻑 젖게 되는 나의 악몽은 바로 실습이 끝나지 않는 꿈 속 꿈이다. 분명 실습을 하고, 보충을 하러 학교에 돌아갈 시기가 됐는데 여전히 일하고 있으니 말이다. 그렇다면 내가 이렇게 생각한 증거를 보여드리겠다.

**첫 번째, 실습이 아니라고는 생각할 수 없는 체력 수준이다.** 지금이야 학교에 있는 수업 교구들을 다양하게 활용할 수 있고. 그 동안의 경험으로 인해 수업을 진행할 수 있는 시나리오들이 많다. 그런데 실습생의 신분은 사실 아무것도 모르는 대학생이기 때문에 이런 요령이 없다. 그 말인 즉슨 맨땅에 헤딩으로 수업을 준비해야 한다는 것이라, 당연히 열정만 넘치고 기술은 없어 하나의 수업만 끝내도 녹초가 된다. 게다가 실습 자체도 평소 하지 않던 일 (수업, 애들과 놀아주기)을 평소에 하지 않는 옷차림(츄리닝에서 벗어난 무언가)으로 하는 일이라 체력 소모가 있다. 그리고 나의 4년 동안 교육대학생 짬으로 봤을 때, 이 정도 체력 소모는 실습이 진작에 끝나고도 남아야 하는데 굉장히 수상하다.

**두 번째, 공부하는 방식이다.** 실습이 끝나고 나면, 그 동안 학교에 나오지 않아 못했던 수업을 보충해야 한다. 하루에 3시간짜리 수업을 4주 빠지면 12시간인데, 4시간씩 3번 하기도 한다. 융통성이라는 아주 감사한 덕목을 발휘하셔서 시간을 줄여주시는 교수님도 계셨지만, 그렇지 않은 교수님 수업이라면 뭐… 자주색의 플라스틱 의자에 혹사되는 내 꼬리뼈는 덤이고. 그런데 아이들이 끝나고 나면 이번엔 플라스틱 의자 말고 우레탄 의자에 앉아 다음 수업을 위한 공부를 한다. 대학생의 미덕인 침대에 눕기와 바닥에 앉아있기를 하루도 빠짐없이 모범적으로 실천하던 내가 수업이 끝나고는 다음 수업 준비를 위해 전 과목을 공부하고 있으니 아주 이상하다.

**세 번째, 몸 상태다.** 손목이 욱신거려 보호대를 하고 출퇴근을 하고 , 한 번 체육 수업을 하고 나면 근육들이 파업을 외치고 시력은 더 나빠지고, 하루종일 컴퓨터를 하느라 목이 점점 나와 노력만 하면 거북이로 변신도 가능할 것 같다. 악몽이 아니라면 이렇게 새롭게 나빠질 수 있겠는가!

발령받고 매일, 퇴근하면서 하늘에 대고 외쳤다.

"아악! 보충할 테니까 제발 실습 끝내주세요~~"

그렇게 수백번을 외쳤는데도 실습이 끝나지 않는다는 점이 내가 이 의문을 갖게 된 가장 큰 요인이다. 가위에 눌려도 노력하면 깨던데. 노력해도 깨지 않는 꿈을 꾸고 있다니 완전 공포다. 관리자님? 무언가 오류가 생긴 것 같아요. 확인해주세요!!

…사실 사회생활을 하는 직장인이라면 누구나 가질 의문이다. 그럼 우리는 하나의 직장인 악몽 유니버스에 살고 있는 것이 아닌가! 직장인 유토피아 메타버스를 찾아 히어로 영화라도 찍고 싶지만 그럴 만한 체력이 없다. 그냥저냥 체력을 키워 발붙이고 사는 이 세계에 잘 적응할 수밖에.

# 세 잎 클로버

학교 생활은 정말 변화무쌍하다. 글로 적으면 너무나 특정될까봐 말하지 못 한 사례들, 나의 마음을 아프게 하는 일들도 종종 있다.

그래서 다 쓴 마음의 에너지를 채워 넣기 위한 시간이 꼭 필요하다. 어려운 것은 마음의 에너지라는 곳간은 자물쇠로 채워져 있는데, 그때 그때 이 자물쇠에 맞는 열쇠가 다르다는 것이다. 과거에는 꼭 맞아서 가득 에너지를 채워줬던 활동이, 시간이 지나면서 달라진 조건에 오히려 곳간의 자물쇠를 고장 내트리는 활동이 되기도 한다.

예전엔 이 활동을 찾는 것을 네잎 클로버를 찾는 것과 같다고 느꼈었다. 랄랄라 한~잎~ 랄랄라 두~잎~ 랄랄라 세~잎 랄랄라 네에잎~을 가진 네잎 클로버는 깊고 깊은 산골짜기에 살며, 찾으면 행운을 가져다 준다고 알려져 있다. 그런데 문제는 세잎 클로버의 기형으로 나는 이 네잎 클로버를 찾을 확률이 0.02% 에 불과하다는 것이다. 5,000번을 시도했을 때 1번 성공한다는 이야기인데, 이렇게 하다간 내 마음의 곳간은 바닥을 드러내다 못해 무너져 버릴 것이다. 그래서 요즘은 세잎 클로버를 찾는 것에 집중하고 있다. 어느 한 순간의 특별하고 독특한 이벤트가 아니라, 일상에서 쉽게 볼 수 있는 것들에서 마음의 에너지를 채워보는 것. 지금까지 내가 찾은 세잎 클로버를 한 번 소개해보고자 한다.

독서. 어떠한 장르든 가리지 않고 읽는 편인데, 저자의 생각을 무료로 볼 수 있다는 사실이 나의 가슴을 뛰게 한다. (너무 변태 같나…?) 마음의 에너지를 심하게 쓴 날에는 가볍게 읽을 수 있는 에세이나 생활만화, 이 에너지가 꽉 차 긍정적인 영향으로 바꿀 준비가 된 날에는 인문학이나 소설. 에세이는 직업 에세이를 읽는 편인데, 각자의 고충을 읽고 나만 힘든 게 아니구나라는 위로를 받는다. 그리고 몰랐던 세상에 대한 시야도 넓어지는 느낌. 생활만화는 반려동물들과 함께하는 만화를 본다. 따뜻하고 보송보송하고 귀여운 것들을 계속 보면 상처 받은 마음에 반창고를 붙이는 기분이다. 인문학을 읽다보면 전문가들의 통찰에 입이 쩍 벌어진다. 그리고 예상치 못한 깨달음을 얻기도 한다. 왜 아이와 내가 소통이 안 될까-에 대한 고민으로 가득찬 하루를 우연히 집어든 인문학 책에 적혀 있는 사람과 소통 간의 관계로 마무리하는 것처럼. 마지막으로 소설은 뷔페 같은 느낌이다. 성장 소설에서 추리 소설까지. 뭘 좋아할지 몰라서 다 준비했어! 여기에 내 취향과 꼭 맞는 책을 찾으면 네잎 클로버를 찾은 것이다. 내가 읽었던 책을 읽고 있는 아이에게는 다가가 아는 척 하며 말 걸기도 좋다. 그런데 한 가지 단점, 학교 배경으로 한 소설은 잘 읽지 못 한다. 왠지 초과근무하는 기분이랄까.

핀터레스트 구경. 핀터레스트라고 각종 이미지를 모아놓은 어플이 있다. 클릭 한 번으로 나의 관심사를 파악해 관련 이미지를 보여주는데, 구경하다 보면 시간 가는 줄 모른다. 예전에 한참 옷을 사 모았던 적이 있는데, 이젠 옷 값이 너무 비싸 핀터레스트에서 구경하는 것으로 대리만족을 한다. 계절감에 맞는 옷 코디들을 보다보면 어울리는 색감들에 행복해진다. 그 외에도 예쁜 배경화면, 귀염둥이 강아지 고양이들을 찾아보곤 한다. 서서히 하지만 옹골차게 마음의 에너지가 차는 느낌이다.

시트콤 또는 가벼운 영화. 출퇴근 시간이 길어 영상을 볼 시간도 많다. 발령받은 직후 유명한 영화들을 여럿 깨고 나서는 내 취향에 맞는 시트콤이나 영화를 아껴보는 성향으로 정착되었다. 한국엔 수입되지 않는 맛있는 외국 초콜렛처럼 끝나면 아쉬울 걸 너무나 잘 알기에 시트콤은 한 번에 1~2회씩 살짝 맛보는 것으로 만족하고 있는 중이다. 영화의 경우에는 배경음악처럼 틀어놓고 멍하니 듣는다.

여행. 틈만 나면 떠나고 싶어한다. 물론 평일엔 학교에 메여 있는 몸이지만, 주말을 통해 국내 여행을 갈 수 있는 대로 가고, 방학엔 어떻게든 해외에 나가고 싶어 하는 중. 낯선 곳에서 사람 구경을 하면 기분이 좋아진다. 교사가 아닌 내가 되어 한 발 떨어진 일상을 관망할 수 있게 해준다.

세잎 클로버가 한해살이 풀인 것처럼 지금까지 스쳐 지나간 세잎 클로버들 중 더 이상 마음의 곳간 자물쇠에 맞지 않는 열쇠가 된 것들이 있다. 그런 활동들은 혹시 몰라 곳간 속에 액자로 잘 넣어놓았다. 어쩌면 나중에 필요할 수도 있으니까! 그리고 꾸준히 세잎 클로버를 찾아가며 마음의 곳간을 가득 채워놓을 예정이다.

# 최종병기 뽀로로

'노는 게 제일 좋아~' 경쾌한 음악과 함께 북극을 배경으로 한 캐릭터들이 나와서 춤을 춘다. 아이가 없어도, 음식점에 가면 흔히 볼 수 있는 풍경이다. 부부와 아기가 왔을 때, 밥을 먹지 않는 아기에게는 핸드폰 화면으로 움직이는 애니메이션 – 뽀로로, 타요 또는 티니핑 – 을 보여주는 점이 잦기 때문이다. 발령받기 전에는 아니, 밥 먹는 과정에서 가족 간의 유대감이 형성되는 것 아닌가? 저렇게 일찍부터 보여주면 눈 나빠지지 않나? 라는 생각을 하기도 했었다. 그리고 지금은 안다. 나의 생각이 아주 잘못됐으며, 오만한 생각이라는 것을.

아이들은 정말 쉴 새 없이 말을 한다. 차분하고 조용한 아이도 있지만, 그 친구 몫까지 두 배의 말을 하는 아이도 있기 때문에 평균값은 1이다. 아마 뇌에서 입으로 나오는 통로가 일직선이라 그런 것 같다. 게다가 귀는 또 얼마나 좋은지, 옆 친구가 말하는 것을 하나도 안 놓치고 다 듣는다. (그런데 왜 내가 말하는 소리는 못 들을까? 아무래도 듣고 싶은 것만 듣는 필터가 너무 잘 되어 있는듯…) 예를 들어 친구가 혼잣말로 '아-어려워' 라고 말하는 걸 듣고 '뭐가 어렵냐? 그러니까 공부를 미리미리 해놨어야지' 라고 받아치든가, '와 오늘 급식에 스파게티 나온다 맛있겠다' 라고 말하는 걸 듣고

'우와 맛있겠다' 라는 맞장구 등. 그리고 이렇게 반복되고 강조되는 소리는 나를 불안하게 한다.

도대체 얼마나 오랫동안 반복되는지 감이 안 잡히실 수 있으니 시간으로 세어보자. 초등학교 저학년은 4교시에서 5교시, 고학년은 6교시로 수업이 진행된다. 각 학교마다 차이는 있겠지만 고학년의 담임을 맡을 경우 8시 20분부터 등교를 해 2시 40분에 마지막 수업이 끝난다. 단순 시간으로 따지면 하루의 ¼, 6시간에서 6시간 30분 정도를 같이 있는 것이다. 부모님은 이 1/4을 뺀 3/4를 같이 있게 된다. 잠 자는 시간을 제외해도 10시간이 넘는데…. 하루 종일 말을 듣게 되는 것은 정말 힘든 상황이다. 그러니까 음식점에서의 뽀로로는, 부모님의 최종병기였던 것이다.

나도 가끔씩 친구들을 도와주는 예쁜 모습을 보여줄 때, 바르고 올바른 언어를 쓰면서 생활할 때, 점심시간 10분을 이용해서 뽀로로나 라바 등을 보여줄 때가 있다. 지금까지 고학년만 맡았는데, 이러한 영상들을 틀면 학교의 가장 큰 형님들은,

"아 유치해!!"

라고 소리 지르면서도 숟가락질도 잊고는 영상에 눈을 고정한다. 웃긴 장면이 나오면 입 안에 밥을 가득 넣어 볼이 볼록해진채로 함

박 웃음을 짓는다.

그런데 공부하러 온 학교에서 애니메이션을 보여줄 순 없고 ,학교 수업에서의 최종병기는 무엇일까. 바로 교과서에 종종 나오는 컴퓨터나 태블릿을 활용한 조사 수업이다. 아이들은 디지털 네이티브답게 태블릿을 쥐여 주면 쥐 죽은듯이 조용해지는데, 유튜브를 들어가 관악기의 소리를 듣고, 블로그나 기사를 찾아 안락사에 대한 찬반 의견을 찾는 아이들을 보면 대견하고 신기하다. 하지만 그것에 앞서 찾아온 잠시나마의 교실의 평화에 작업물을 봐주는 발걸음이 경쾌해진다. 속으로 기도를 올린다. 감사합니다. 교과서를 만든 교수님과 선생님들… 그리고 다음 교육과정에서는 조사수업 더 넣어주셔도 될 것 같아요….

어제도 찾아간 음식점에서 옆자리 부부가 최종병기 타요를 활용하고 있었다. 우리 모두의 강 같은 평화를 위해, 최종 병기는 언제나 춤춘다.

## 여기 봐

어딘가를 갈 때, 어린 아이가 있는 가족들은 어떻게든 아이를 예쁘게 찍어주려 애쓴다. 옷매무새를 바르게 하고, 흐트러진 머리도 묶어주고 시선을 끌기 위해 카메라 뒤에서 솔-음의 목소리와 현란한 손동작까지. 음식점의 음식과 함께, 관광지의 멋진 경치와, 또는 아이의 서투른 결과물들과. 교사가 되기 전까지는 그렇군, 하며 지나쳤던 이러한 행동들이 이젠 다르게 보인다.

방과 후 오케스트라를 하는 녀석들이 아침에 오자마자 상기된 얼굴로 나에게 왔다. 샘 저 오늘 급식 빨리 먹을 수 있어요? 응 알고 있어~공연하지? 이유인 즉슨, 요 며칠 학교도 30분씩 일찍 와 열심히 연습하는 것 같더니 점심 먹고 문화센터에 가서 공연을 하기로 한 것이었다. 담당 선생님이 전날 메신저를 보내 이 같은 사실을 알리며 오케스트라를 하는 아이들의 옷에 대해 특별한 부탁을 했다.

[아이들이 옷을 흰색으로 맞춰 입는데 내일 급식에 닭볶음탕이 나와서 걱정이네요^^; 주의하라고 부탁드려요]

…어려울 것 같은데요. 서랍을 뒤져도 여분의 앞치마는 안 나와서, 이면지를 셔츠에 냅킨처럼 껴줄 요량이었다. 그런데 운 좋게도

그 날 급식차에 새로운 앞치마가 같이 올라왔다. 위생을 위해 정기적으로 앞치마를 교체하는데, 그 날이 교체날이었던 것이다.

"오케스트라 앞으로 나오세요, 앞치마 줄 테니까 하고 먹어."
"아 불편한데…."
"튀지 않을 수가 없어요. 하고 드세요."

결국 받아가는데, 한 친구가 앞에서 머뭇거린다.

"선생님 저 앞치마가 커서 내려가는데 못 묶어요."
"이리 오세요."

목에 흘러내리지 않게 모양을 잡아주자 그제서야 만족한 얼굴로 가서 밥을 먹는다. 시간이 촉박해 거의 우겨넣고 가려는 아이들을 붙잡아 옷매무새를 다듬었다. 오케스트라 공연 뭐 음악 들으러 가지 연주자 보러 가나! 싶었는데 우리반 아이가 나간다 하니 괜히 신경 쓰인다. 어차피 공연을 하려고 앉으면 다시 엉망이 될 테지만, 그래도 잠깐이라도… 구겨진 카라도 피고, 앞치마를 뚫고 튄 빨간 점을 지우기 위해 물티슈로 문지르고, 바지 선도 바로 잡고.

"귤! 귤 남네. 안 먹어?"
"넹."

그러면 잘 갔다와. 부랴부랴 가방을 싸서 나가는 아이들을 향해 손을 흔든다. 평소에 학급에서도 열심히 하는 아이들인데, 아쉬움 없이 본인 연습한 것 다 보여주고 왔으면- 해맑게 손을 흔들어주는 아이들의 뒷모습을 보니 왠지 내가 낳고(아니다.) 키운(이것 역시 아니다.) 것 마냥 찡해졌다.

-

"서진아 여기 봐~ 진수는 똑바로 설게요 친구 치지 말고~ 수현이는 얼굴 다 가리네 손 내리자~"

이게 무슨 소리냐면, 초등 담임의 단체 사진을 찍기 위한 필사의 노력이다.

진로 체험의 날이라고 아이들이 평소에 접할 수 없는 활동 - 네온 사인 간판 만들기, 꽃꽂이 하기, 로봇 춤추기, 3D 펜 등등- 들을 시켜주기 위해 학교에 강사를 초빙하는 행사가 있었다. 처음 보는 신기한 도구들에, 그리고 맨날 보는 담임 선생님과 지루하고 어려운 수업을 하지 않아도 된다는 흥분감에 아이들은 무척이나 열심히 참여했다.

"선생님 이거 어떻게 하는 거에요?"

잠깐 기다려봐. 나도 처음하는 거라 모르겠으니깐… 건전지를 연결해야 하는데 +극에는 검정선, −극에는 빨간선… 찾다 보니 무슨 폭탄 처리반이 된 것 같았다. 결국 성인과 아이 하나가 머리를 맞대고 결과물을 내고, 그 맞은편에서는 강사가 5명의 아이들을 지휘해 한꺼번에 결과물을 만들어 주고 있었다.

폭풍 같은 몇 시간이 지나고, 어느 정도 어수선한 교실 정리를 마치자 아이들 책상에는 자기들의 결과물만 올라와 있었다. 스스로 이런 걸작을 만든 것이 뿌듯하다는 표정에 카메라를 켰다. 지금 한 번 찍자- 자기 작품 들고~

물론 호락호락 찍혀줄 아이들이 아니다. 1분단 뒤의 서진이는 자기 작품을 감상하느라 정신이 없어 고개를 들지 않고, 3분단 맨 뒤의 진수는 자기 작품의 길이와 분단 사이의 폭을 비교하고 싶은 것인지 작품을 옆 친구에게 갖다대고, 4분단 두 번째 줄 막 사춘기가 시작된 수현이는 자신의 작품과 몸을 연결해 얼굴을 없애는 신기술을 보여준다.

"이럼 보여요."

5cm 내리고 다 보인다 주장하는 수현이를 설득하고, 그 틈을 타 투닥거리는 진수와 또 다른 친구를 붙잡아 바른 자세로 앉혔다.

"자 여기 봐~ "

찰각.

"아 샘 저 눈 감은 것 같아요."
"저 이거 떨어졌어요."

다시 찰각. 연달아 촬영 버튼을 누르고는 사진을 확인했다. 이번
사진에서는 얘가 눈을 감았고, 다음 사진에서는 쟤 표정이 이상하
고….

"하현이 자꾸 일부러 이상한 표정할래?"

장난기 가득한 아이는 부러 눈을 모으고 혀를 내민다. 다시, 다
시…. 결국 분투 끝에 모두가 눈을 뜨고 있는 사진 한 장을 건진다.
아이들을 하교시키고 사진을 확인하니 이번에도 부족한 점이 보인
다. 눈을 다 뜨고 있긴 한데… 어떤 애는 작업물을 반만 들고, 다른
애는 작업물을 아예 안 들고 있고. 언제나 아이들의 진짜를 사진이
못 담는 것 같아 아쉽다. 다음번에는 꼭 성공하리라.

# Persona

방탄소년단의 리더 rm의 솔로곡으로 나와 나올 때부터 지금까지 계속 즐겨듣는 노래가 있다. Persona 라는 곡인데, 가사가 정말 인상 깊었다. 마음에 콕 박혀든 가사는 다음과 같다.

나는 누구인가 평생 물어온 질문
아마 평생 정답은 찾지 못할 그 질문

가끔은 그냥 싹 다 헛소리 같아
취하면 나오는 거 알지… 치기 같아

Yeah 난 날 속여왔을지도 뻥쳐왔을지도
But 부끄럽지 않아 이게 내 영혼의 지도
Dear myself 넌 절대로 너의 온도를 잃지 마
따뜻히도 차갑게도 될 필요 없으니까
가끔은 위선적이어도 위악적이어도

이 노래가 위로가 된 이유는 세상을 무대로 활약하는 그 화려한 사람도 뒤돌아 서면 똑같이 혼란스러움을 느꼈다고 말해줬기 때문이다. 교사로서 나의 페르소나는 혼란 그 자체다. '이렇게 말해도 되나?' '얘가 뜻한 게 이게 맞나?' '교사가 이 정도까지 하는 건 오지랖인가 위선인가?' 매일매일이 새롭기에 회의감도 든다. '난 애들에게 좋은 영향을 주는 건가?' '애들은 더 좋은 담임을 만날 수 있지 않았을까?' '내가 상처를 주고 있는 건 아닐까?' 조금만 익숙 해졌다 싶으면 새로운 상황이 나와서 나와 아이들 간의 선을 바꿔 버린다. 어느 날에는 직선으로, 어느 날에는 곡선으로, 어느 날에 는 수직으로.

수많은 밤을 지새워 생각한 결론은, 결국 내가 학교란 곳에 불시 착해 보내온 날들도 의미 없진 않았다는 것이다. 작은 인간들의 세 계 안에서 거인 마냥 동떨어져 있기도 하고 관심을 한 몸에 받기도 하면서 복작복작, 마음 아프지만 눈물 쏙 빼게 혼내기도 하고 우울 했던 기분이 아이의 한 마디로 눈물 나올 정도로 위로받기도 하고. 그러다 다시 진흙에 박혀 무슨 의미가 있겠냐며 하늘만 멍하니 쳐 다보고 있다가 치기를 빌려 용기를 내는. 그 과정에서 아이와 나의 온도가 만나 닮아가기도, 이리저리 휩쓸리기도 했지만 그 자체로 도 나의 페르소나 중 하나가 되었다. 그렇게 돌돌돌 영혼의 지도를 따라 굴러 가고 싶다.

# 햇빛에 데워진 조약돌처럼

이 책을 읽고 있는 당신께서 내 얼굴을 모르니 솔직히 고백하건 대, 난 내 감정을 들키기 싫어서 방어적인 사람이다. 미성숙한 건 알지만 진실한 감정을 보이기가 부끄럽고 어렵다. 혹시나 용기 내 어 감정을 내보였는데 나중에 약점이 되어 돌아오면 어떡하지의 걱정을 항상 한다.

그런데 내가 두고두고 후회하는 게 하나 있다. 2년차에 맡은 반이 정말 예뻤는데, 감상적이게 보이기 싫어서 사랑을 많이 표현 못했 다. 좀 더 사랑해줄 걸, 좀 더 예뻐해줄 걸. 유행가 가사처럼 생각을 곱씹게 된다. 경험도 부족해서 수업하느라 즐거운 시간을 많이 못 만들어 줬다. 수업을 잘하고 싶어 발을 동동 굴렀고, 내가 아이를 가르치는 게 아니라 아이가 나를 가르쳐줄 수 있다고 느낀 첫 순간 이었다.

한 번은 몸이 너무 안 좋아 쉬는 시간에 눈을 꾹꾹 누른 적이 있었 다. (보통 말 못하는 짐승이 아픈 걸 숨긴다는데, 그럼 내가…?) 그 런데 책상 너머에서 '선생님…'이라고 부르는 소리가 들렸다. 흐릿 한 눈을 떠보니 녀석들이 한 데 모여 날 걱정스러운 눈으로 보고 있었다. '어디 아프세요?' 정말 순수한 걱정 그 자체였다. 쉬는 시간이라 자기들끼리 놀기 바쁠텐데, 축 쳐져 있는 선생님이 걱정되어 하나둘씩 모여 날 부른 것이다. 아이만이 가질 수 있는 그 순수한 걱정에 왠지 모르게 울컥했다. 물론 그 다음 교시에 선생님이 아프니 한 시간 놀자는 걱정을 빙자한 수업 거부에 2시간 내내 열정 수학 강의를 하긴 했지만. 말과 행동이 어쩜 그리 바른지. 심지어 5학년이었는데 친구 문제로 속을 썩인 적도 없었다. 그 친구들도 나와의 기억이 썩 괜찮았던건지, 학년이 바뀌어도 종종 놀러오곤 했다.(라고 믿고 싶다.) 그 때의 기억이 마음 속 어느 장소에 햇빛에 데워진 조약돌처럼 남아있길 바랄 뿐이다. 혹여나 너무 슬퍼 마음이 눅눅해졌을 때 작게나마 위로가 될 수 있게.

　사실 교사는 학생의 하루 중 꽤 많은 부분을 지켜본다. 8시 30분 등교 때부터 2시 30분까지, 총 6시간, 하루의 1/4이다. 학생의 하루의 1/4을 교사의 하루의 1/4을 들여 관찰하는 것이다. 최재천 교수가 이런 말을 했다. '알면 사랑하게 된다'라고. 그리고 교사 역시 학생을 사랑하게 될 수밖에 없다. 나도 학생일 때는 몰랐다. 학생을 졸업시키고 나면, 또는 올려보내고 나면 종업식 날 텅 빈 교실을 보며 허전함을 느낀다. 어리고 반짝거리는 생명체들이 빠져나간 교실은 왠지 모르게 서늘하다. 아마 교사 일을 할 때에는 쭉 느끼겠지. 나의 어린 시절 선생님이 그랬던 것처럼, 나의 학생들에게도 나는 잠시 스쳐지나가는 사람일테다. 그리고 난 그들이 더욱 힘차고 평안한 삶을 살기 바란다. 이기적이고 미성숙한 내가 너희들에게

받은 위로는 어떻게 해도 갚지 못하겠지만, 계산을 뺀 순수한 감정을 보낸다. 어디서든 찬란하게 빛나기를.

# 에필로그

때로는 잘못 탄 기차가 목적지에 데려다준다는 말을 좋아한다. 살아 보니 상상하지 못한 방향으로 가는 게 인생이라, 언제 무엇을 어떻게 만날지 모르는 것이다. 예전 혼자 스위스에 갔을 때였다. 저번에 갔을 때 못 갔던 마테호른을 보러 산악열차에 올랐다. 사실 그 전부터의 여독으로 몸살끼가 있었는데, 몇 년 전 스위스에 왔을 때 보지 못한 아쉬움에 꾸역꾸역 몸을 실었다.

그리고 최악이었다. 사진을 부탁한 한국인 신혼부부는 귀찮다는 식으로 한 장 찍고는 돌려줬고, 확인한 사진은 이게 스위스 마테호른인지 돌담 위에 앉아 찍은 사진인지 모르게 찍혀 있었다. 그 뒤로 나를 그 사진 스팟에서 치워버리고 자기들끼리 열심히 사진을 찍는 모습에 왠지 모르게 주눅도 들고 환멸도 들었다. 먹을 것이라도 먹자고 들어간 식당에서 뜨거운 물을 컵라면을 부으려다 직원에게 한 소리 들었다. '이건 내가 하는거야!' 서러운 날에는 별 게 다 서럽다더니, 평소 같으면 아 미안~ 하고 넘겼을 일도 매우 슬퍼졌다. 설상가상으로 옷도 얇게 입고 와 추웠다. 결국 더 보려던 계획을 포기하고 숙소로 돌아가는 기차를 탔다. 몇 년 전에 왔을 때는 천혜의 경치라며 즐겁게 트래킹했는데, 오늘 일로 인해 그 추억까지 망쳐질까봐 속상해졌다.

왠지 눈물이 나올 것 같아 창 밖을 보던 중 정차한 역의 표지판이 들어왔다. 햇빛 아래 따사롭고 판타지 게임의 배경 마냥 평화로워 보였다. 잠깐 고민하다 기차가 떠나기 직전 충동적으로 그 역에 내렸다. 어떻게 읽는지도 모르겠는 복잡한 표지판을 보고, 역에서 나오니 조용한 시골 마을이었다. 띄엄띄엄 떨어져 있는 하얀색 주택들이 작은 호수를 빙 둘러싸고 있었다. 아무도 없는 고요한 호숫가의 벤치에 앉았다. 머리 위에 있는 버들나무가 바람이 부는방향에 따라 쏴아- 소리를 냈다. 눈물이 찔끔 났는데, 그 순간 기분이 나아지는 것이 느껴졌다. 고개를 젖히니 나를 내리게 한 햇빛이 늘어진 버들잎 사이사이로 세로로 비췄다.

　조용하고, 따스하고, 시원했다.

　우리는 태어나 하나의 목적지를 향해간다. 부자든, 가난하든, 어리든, 늙었든, 여자든, 남자든 그 목적지는 VIP존도 없고, 차별대우도 없다. 하지만 목적지까지 가는 방법은 다양하다. 지금 나는 아이들이 주는 원색의 힘으로 가득한 오솔길을 걷고 있다 느낀다. 대체적으로 힘들고 가끔씩은 행복하겠지만, 어찌 됐든 결국 길은 하나로 이어진다는 것을 생각하면서 때로는 걷고, 버스를 타고, 기차도 타보고, 비행기도 타면서 가려고 한다.

**미성숙 일지**

**초 판 1 쇄**   2023년 1월 25일
**지 은 이**   돌멩이
**그    림**   돌멩이
**펴 낸 곳**   하모니북

**출판등록**   2018년 5월 2일 제 2018-0000-68호
**이 메 일**   harmony.book1@gmail.com
**팩    스**   02-2671-5662

979-11-6747-085-0 03810
ⓒ 돌멩이, 2023, Printed in Korea

**값 15,000원**

이 도서의 국립중앙도서관 출판예정도서목록(CIP)은 서지정보유통지원시스템 홈페이지(http://
seoji.nl.go.kr)와 국가자료공동목록시스템(http://www.nl.go.kr/kolisnet)에서 이용하실 수 있습
니다.